大富豪同心

高名の坂

幡大介

双葉文庫

大富豪同心

高名の坂

幡大介

双葉文庫

目次

高名(こうめい)の坂

大富豪同心

第一章　女掏摸と殿様

一

その日は早朝から陰鬱な雨が降っていた。

江戸城の北側に神田川が流れている。川沿いの道を一人の逞しい男が馬に乗ってやってきた。

身分の高い武士だ。漆塗りの笠を被り、蠟引きの外套を着けている。お供の武士を数人、引き連れていた。

男は悠然と馬を進めつつ、水道橋のあたりから眼下の崖を見下ろした。

かつてここには神田山（本郷台地）という丘陵があった。徳川幕府は山を真っ二つに掘り割って、人工の谷を造った。

その谷の深さたるや、とうてい人の手によるものとは思えない。これほどまでに巨大な谷を、鋤や鍬で掘り崩し、土は畚で運んで造ったのだ。

馬上の男が呟く。

「この一事をもってしても、江戸の人々がいかほど水害を恐れていたのかが窺えようというものだ」

神田川（外堀）は江戸の町中に流れ込む河川の向きを変えるために造られたのだ。以前の江戸では、神田川の水は江戸の中心部に流れ込んでいた。

人工の谷を掘ることで江戸の水害は激減した。きつい労働よりも水害が嫌だからこそ、人々は辛さに耐えて掘り抜いたのだ。

その呟きをお供の武士が耳にした。

「なにか仰せにございますか」

「何事もない」

馬上の男は手綱を引いて馬首を横に振った。

一行は北に道を逸れた。巨大な門の前に着く。

水戸徳川家上屋敷の門だ。徳川御三家にして三十五万石の高い格式を示す、豪華な門構えであった。

重い門扉（もんぴ）が開かれる。男は馬上のまま、門をくぐって屋敷に入った。

大名屋敷にはいくつもの門がある。将軍だけが使う〝御成（おな）り門〟。大名家の当主と奥方だけが使う正門。家臣が使う脇門。出入りの商人や職人が使う台所門。男がくぐったのは正門であった。大名とその妻だけが使用する。つまりはこの男こそが屋敷の主の大名だということだ。そして門扉はすぐに閉じられた。

御殿の中の広い廊下を男は堂々と進んでいく。

歳は四十に差しかかったばかり。凛々（りり）しげな目は正面だけを見据えていた。

その行く手に一人の男が立ち塞がった。六十過ぎの老武士だ。きちんと裃（かみしも）を着けている。

老人は畳廊下に正座して低頭した。態度は恭（うやうや）しいけれども、殿様の行く手を塞（ふさ）いだことにかわりはない。

「殿！　昨夜もお忍びでのご遊興と聞き及びました！　しかも朝帰りとはなんたること！　この山野辺兵庫（やまのべひょうご）、諫言（かんげん）つかまつる！」

諫言とはお説教のことだ。

殿と呼ばれた男――すなわち水戸徳川家の当主――は、露骨に嫌な顔をした。

「吉原の大門は明け六つにならねば開かぬのだ。朝帰りも致し方なかろう」

吉原は深夜から明け六つ（早朝六時頃）まで門を閉ざす。誰の出入りもできなくなる。客は泊まってゆかざるを得ない。必然的に朝帰りとなるのだ。

とはいえ、吉原なんぞに遊びに出掛けていることそのものが問題なのである。門の閉まるのが悪いのであって俺が悪いわけじゃない、という言い訳は通じない。

ちなみに。山野辺家は足利将軍家の分家であった。室町時代には、徳川家なんぞよりもずっと高い家格を誇っていた。

それゆえに主君にも説教ができる。水戸家中で『殿には反省してもらわねばならん』という事態が発生すると、山野辺兵庫の出番となる。

山野辺はジリジリと膝で詰め寄った。

「おそれながら、水戸徳川家は天下の副将軍家。東照神君家康公が、将軍家の補佐役として江戸に定府を命じられた御家！　殿は、上様をお支えせねばならぬ重責の身にありながら――」

「またその話か」

「殿にお聞き分けいただけるまで、何百回でも申しあげまする！」

「しつこいぞ。今は説教どころではない。見ろ。雨が降っておる」

雨はますます強くなってきた。庭園の植木も雨に打たれている。屋根を叩く雨音が激しい。

「昨日も雨。一昨日も雨。ずーっと雨が降り続いておる」

山野辺も頷く。

「水戸の御領地も長雨に祟られておりまする。橋は流され、田には川砂が流れ込み、百姓たちは難儀をいたしておりまするぞ。それを尻目に、遊興にうつつを抜かすとは嘆かわしい！」

「兵庫、太鼓じゃ」

「太鼓とは」

「奥の女たちを庭に集めよ。雨見の宴じゃ。派手にやるぞ！」

「とッ、殿！」

人の話を聞いていないのか。山野辺兵庫は目を剝いた。

目の前を水戸公が通りすぎていく。「ははははは！」と、身を仰け反らせて高笑いの声を響かせた。

「ははは！　太鼓を叩け！　鼓も打て！　琴を搔き鳴らすのじゃ！」

水戸公が踊っている。

水戸家上屋敷の庭園だ。〝後楽園〟と号されていた。

庭園には池もあったが、もはや池というより濁流だ。土砂を含んだ黄色い水がどんどん流れ込んでくる。庭園の全体が濁流に吞まれているのだ。

池の上に建てられてあった東屋がついに倒壊した。幸いにして巻き込まれた者はいなかったけれども、東屋に用意されていた膳が流された。几帳にかけられてあった女物の着物まで流されてしまった。

「フハハハ！　いいぞ、もっとやれ！」

皆が悲鳴を上げる中で、水戸公だけが上機嫌だ。

＊

大雨の降りつける中、南町奉行所の同心、村田銕三郎と尾上伸平、八巻卯之吉が市中の見回りをしていた。

同心たちは洒落者ぞろいだ。雨の日には小粋に唐傘を差すのだが、横殴りの暴風雨で傘は役に立たない。仕方なく今日だけはむさ苦しい蓑笠で身を包んでいた。

尾上は笠の端をちょっと摘まんで持ち上げた。周囲に目を向ける。

「酷い雨降りだなぁ。神田川の土手が崩れやしないか心配だよ」

太鼓と管弦の音が聞こえてくる。尾上は首を傾げた。

「呆れたもんだ。こんな日に宴会を開いている馬鹿がいる」

「本当ですねぇ」と答えたのは卯之吉だ。

「こっちの心まで浮き立ってくるようですよ」

その場で踊り始める。尾上はますます呆れた。

「ここにも馬鹿がいるのかよ」

村田は耳を澄ませている。

「水戸様の上屋敷から聞こえてくるな」

そこへ、泥を撥ねながら一人の同心が走ってきた。

丸顔で、まだ少年の面差しを残した若者だ。人なつこい顔つきで同心の威厳はまったく感じられない。同心の身分を示す黒巻羽織も着こなせていない。〝着ている〟というより〝着させられている〟といった感じだ。

卯之吉は若者の顔を見て、首を傾げた。

「どなたです？」

村田が代わりに答える。

「新米同心の粽だよ。お前ぇが甘利様の役儀で留守にしていた間に出世した男だ」

卯之吉はここしばらくの間、南町奉行所には出仕していない。

粽は、弾けるような笑顔で、卯之吉に向かって挨拶した。

「粽三郎です！ 隠居した父の跡を継いでお役に就きました！ よろしくご指導、お願い申しあげます！」

やたら大きな声だ。耳にキンキンと響く。

村田は苦々しげな顔つきとなった。

「見ての通り、元気なだけが取り柄だ。まぁ、元気とやる気があるだけマシだ」

無気力な卯之吉に悩まされてきたので、そういう評価になるのだろう。

尾上もぼやいた。

「ヤマキだとかタマキだとかチマキだとか、面倒くさくてしょうがない」

村田が目を怒らせた。

「こいつはハチマキでたくさんなんだよ！」

それから粽に目を向ける。

「それでお前ぇは、いってぇ何の用なんだ！」

村田に睨みつけられても粽は笑顔だ。意外と腹が据わっているのか、それとも底抜けに無邪気なのか。

「大変なんです。こんな物が流れてきました」

粽が差し出したのは高級な漆塗りのお椀であった。家紋が金箔で押されていた。さしもの村田も仰天する。

「三葉葵の御紋じゃねぇか！」

横から覗き込んだ尾上の顔は瞬時にして真っ青だ。

「おいおい粽、上様のお持ち物を拾ったってのか……」

卯之吉が興味津々に首を伸ばす。覗き込んで指摘した。

「これは〝水戸葵〟ですよ。水戸様の御家紋です。上様の三葉葵と、尾張家、紀州家、水戸家の三葉葵は、それぞれちょっとずつ違うんです。まず葉の筋の本数が違う。ほら、こちらの葉の筋は――」

卯之吉の長ったらしい口舌など誰も聞いていない。村田が粽に質した。

「やいっ新入り、拾ったのはどこだ！」

「神田佐久間町の番屋の者が届けてきたんです。神田川に引っかかっていたんだそうで。お椀や四足膳の他にも、女物の豪華な打掛なども……」

三人の同心の中で村田銕三郎だけが何かを察した。

「そうかッ、小石川が氾濫したのか！」

粽は、ただただ三葉葵の威光に畏れ慄いている。

「どうしましょうね、このお椀」

村田は叫んだ。

「近隣一帯の町人を、一人残らず高台に逃がせ！　高い場所には寺がある！　寺の境内に逃げ込ませるんだ！　急げ、一刻を争うぞ！」

尾上は飛び跳ねた。

「は、はいっ」

大雨の中を走っていく。

卯之吉は粽に向かって手を伸ばした。

「そのお椀、見せておくれじゃないか」

「は、はいっ！　お願いします！」

粽は持っていた椀を卯之吉に押しつけると、逃げるように去った。

卯之吉は嬉しそうにお椀をねっとりと眺めている。

「さすがに……見事な逸品ですねぇ。惚れ惚れしますよこの手触り……」

村田は避難を指揮するべく会所（町人の公民館）を目指して走っている。

卯之吉だけが大雨の中に取り残された。

＊

水害が江戸の町を襲った。江戸城本丸御殿では将軍が老中を呼び出して被災の様子を諮問している。

月番老中、甘利備前守は巨大な地図を畳に広げた。扇子で指し示しながら言上する。

「神田川の水が溢れ出し、内神田から下谷一帯の町人地が被災いたしましたが、幸いにも避難が早く、被害は最小限に食い止めることができました」

「なにゆえ神田川の水位が上ったのか」

「神田川には神田上水と小石川の水が流れ込んでおります。今回は小石川の水が、まず、溢れました」

「小石川は、水戸徳川家の上屋敷を流れ、神田に達しておるのであったな」

「水戸様のお屋敷では、いち早く太鼓や鉦を打ち鳴らし、琴の音を響かせ、町人たちに注意を促したうえで椀や着物を川に流し、小石川の決壊したことをお報せくだされたよしにございまする」

「椀や着物を流した、とは？」

「川上にある水戸屋敷が水害に遭った、と知れば、川下の町人たちは大慌てで逃れまするゆえ」

「うむ。さすがは水戸じゃな。機転の利きたる振る舞いじゃ。家宝を流れに投じてまで、我が江戸の民を救うてくれたか」

「お陰様をもちまして町人たちの誰一人として死する者もなく、皆、水戸様に御礼を申しておりまする」

将軍は口許に笑みを含んで大きく頷いた。

「よろしい！」

二

日が没しようとしている。八丁堀にある卯之吉の役宅では、いつものように卯之吉が夜遊びに出掛けようとしていた。その袖に美鈴がしがみついて引き止めている。

「なりませぬ。出かけるなど」

美鈴は無敵の女剣士だ。けれども外見は妙齢の美女だ。これほどの美女にすがりつかれれば、たいていの男は外出を取りやめるはずなのだが、卯之吉にだけはまったくなんの効き目もない。心はすでに深川の遊里へと飛んでいる。

「どうしてですか。雨はとっくに止みましたよ？」

「天気の話ではございませぬ」

「今日は大事な約束がありましてねぇ」

「深川で遊ぶ約束など、約束の内に入りません！　これからおカネさんが来ることになっているのですから！」

「こんな夕刻に？　いったい、何をしに来るんですかね」

「この家の家計を検めに来るのです！　三国屋からの仕送りが月に五百両もあることをお知りになり、その金が何に使われているのか厳しく吟味する、との仰せです！」

おカネは三国屋の後見役として帳簿を詳しく調べたのであろう。あるいは手代の喜七あたりが告げ口をしたのかもしれない。真面目な喜七は、卯之吉が店の金を湯水のように蕩尽することを快く思っていない。

銀八は大慌てだ。

「ま、まずいでげすよ、若旦那！」

そう言っているうちに、表道から声を掛けられた。

「頼もう！」

おカネがやってきた。

「早速お越しでげす。果たし合いに来た武芸者のようなお声でげすよ。それだけ闘志に満ちている、ってことでげす」

「闘志を燃やして、なにをするおつもりだろうねぇ」

「だから、若旦那の金の使い道を質すんでげすよ！」

卯之吉は「困ったねぇ」と、まったく困っているとは思えぬ顔と口調で言った。薄笑いの顔を美鈴に向ける。

「美鈴様、お出迎えをお願いしますよ」

「は、はい……！」

美鈴が応対に向かった。その隙に卯之吉は縁側から庭に下りた。

「さて銀八、行こうか」

「へい、ただいま。……いつもは苦言を呈するオイラも、今度ばかりは賛成でげすよ」

二人でコソコソと庭を横切る。おカネと美鈴に見つからぬようにして、役宅の外に出た。

＊

深川は富ヶ岡八幡宮の門前に開けた町だ。ここにある店は、元々は参詣に来た善男善女のための茶店として営業を開始した。

今でも昼の顔は茶店である。夕闇が迫ると赤提灯や桃色の灯籠が下げられ、遊里へと変貌する。

深川芸者が下駄の音を鳴らしながら通ってくる。粋で鯔背で、江戸の町人文化の粋を集めたような姿であった。

「おっ、菊野姐さんだぜ」

遊び人の一人が声を上げた。深川一の人気芸者の菊野が提灯を下げてやってきたのだ。

羽二重の黒羽織を着ている。羽織は男の着物。男装しているのである。

その倒錯（とうさく）がよけいに美貌を引き立てる。宵闇（よいやみ）と提灯の火があいまって、まさに幽玄。この世のものともおもえぬ美しさだ。

「あんな美形に酌をされながら飲んでみてぇもんだぜ」

「馬鹿言え。お前（め）ぇの稼ぎじゃ十年働いたって無理だぜ」

冷やかしの酔っぱらいの声を聞き流しながら、菊野は一軒の料理茶屋に向かった。

軒行灯（のきあんどん）には『嵐山（あらしやま）』という屋号が書かれている。

料理茶屋とは料亭のことだ。茶屋という名称とは裏腹に、豪奢（ごうしゃ）な座敷を有する高級店なのであった。

菊野は嵐山に入った。入り口のすぐ横には台所がある。板前が俎（まないた）で魚を捌（さば）いていた。

「あら、いい魚が入ったわね」

中年の板前が笑みを浮かべる。

「菊野姐さんのお座敷だからな。下手な肴（さかな）を出しちまったら姐さんの恥になる。なんたって姐さんは深川一の芸者だからな」

「あたしを煽（おだ）てたって、何も出やしないよ」

板前の軽口を聞き流しながら、菊野は主人の部屋に目を向けた。主人の部屋は、入り口の土間を挟んで台所の反対側の奥にある。

主人は仲居を集めて言いきかせていた。

「いいかい。良くお聞き。今夜のお座敷だけは、けっして粗相があってはならないよ。下手をすればお手討ちもくらうからね」

クドクドとした物言いだ。主人の表情は真剣そのものであった。

「今夜のお客は、よほどのご身分らしいね」

菊野は板前に質す。

「まぁな。ウチの店もずいぶんな名店になったもんだよ」

高貴な身分の人々の御用達になるのは料理茶屋の夢ではあったが、その夢が現実のものとなれば、なにかと神経を磨り減らす。

店の主人が菊野に気づいてやってきた。

「姐さん、よく来てくれたね」

「それがあたしの仕事だもの。お座敷の声がかかればやってくるさ。おかしなことを言うね」

主人は青い顔だ。

「ちょっとばかし面倒なお客なんだよ。扱いをしくじると、うちの店にもとんだ災難がふりかかる……」

「お大名家の、ご重臣様かい？」

主人は頷いた。

大名家の重臣たちは会合のために料理茶屋を使う。大名屋敷に集まったりすると幕府から「いったい何を企んでいるのか」と睨まれる。大目付（大名を監視する役職）の取り調べが入ることすらあった。

それなので遊里に集まる。幕府から疑いの目を向けられたなら「楽しく飲み食いして遊んでいただけです」と言い訳する。料亭で政治の談合をする文化はこうして生まれた。

主人は、仲居の一人を呼んだ。

「お京、こっちにおいで」

三十ぐらいの女が小走りにやってくる。仲居のお仕着せの姿だ。地味ではあるがなかなかの美人ではあった。

「菊野姐さん、お京は新入りの仲居でね。まだ仕事に慣れていないものだからお座敷で粗相があるかもわからない。しくじりがあったときには取りなしておくれよ」

「あいよ」

仲居にしくじりがあった時にその場を取り繕うのは芸者の役目。そんな事故など日常茶飯事だ。菊野はまったく心配していなかった。

＊

卯之吉と銀八は舟に乗って深川の掘割を進んできた。管弦の音が聞こえてくる。店々からは明るい光が洩れていた。卯之吉でなくても心浮き立つ光景だ。

桟橋に着くと銀八は先に下りて走り出す。

「菊野姐さんにお座敷が入っていないかどうか、確かめて来るでげす」

銀八は町の会所に入って、すぐに出てきた。

「菊野姐さんには先客があったでげす。大事なお座敷だそうでげすよ」

「姐さんは売れっ子だからねぇ。まぁ、仕方ないさ」

「若旦那は聞き分けが良くていいでげすが、沢田様が不貞腐れるに違ぇねぇでげすよ。『わしを誰と心得る！　南町奉行所内与力、沢田彦太郎なるぞ！　菊野を譲れ！』なーんて言いだしたら、大変な騒ぎになるでげす」

「ハハハ、そうなったら面白いねぇ」

面白いどころではすまないのだが、騒ぎになったら卯之吉は本気で面白がるに違いない。

そうこうする間にも芸者衆が次々と通り掛かる。

「あら、三国屋の若旦那！　どうぞお座敷に呼んでおくんなさいな！」

誰も彼も、卯之吉のことを同心だ、などとは思っていない。

ここしばらくのあいだ幸千代が厳めしい顔つきで大暴れしてくれたお陰で、ますますもって優美な遊冶郎の卯之吉は、同心八巻の印象から遠ざかっている。

「いいですよ。大勢で楽しくやりましょう。どんどん来ておくれ」

「きゃあ、嬉しい！」

たちまちにして大勢の芸者に取り囲まれる。まるで芸者の大名行列だ。

男たちからも女たちからも羨望の目を向けられた。

「あれが三国屋の若旦那だ！　豪気なもんだぜ」

「男に生まれたら、一度はああいう遊びがしてぇもんだな」

「それにしても好い男だねぇ」

「江戸三座のお役者にだって、あれほどの美形は滅多にいないよ」

囁かれる声が聞こえているのかいないのか、卯之吉は踊るような足どりで通りの真ん中を進んでいった。

すると――。

「若旦那、向こうからも派手なお人がやって来たでげすよ！」

銀八が注意を促した。目を向けると、やたらと豪華な大男が、これまた大勢の芸者や幇間、男芸人を引き連れてやって来るではないか。

卯之吉の取り巻きも、大男の取り巻きも、あまりに多人数ですれ違うことができない。どちらかが道を譲らなければならない。

「これはまた、豪勢なお人だねぇ。まるでお祭りだよ」

卯之吉は派手やかなものが大好きだ。すっかり見とれてしまっている。道を譲らず、真っ正面から見つめていた。

大男のほうも道を譲るつもりなどない。火事と喧嘩は江戸の華――を地で行くような顔つきである。腕っぷしの強さを男伊達だと思っていそうな男であった。

卯之吉と大男の二人は、通りの真ん中で向かい合った。大男がギロッと睨みつけてくる。卯之吉はいつものように気合の抜けきった笑みで応えた。

＊

その頃、南町奉行所の内与力、沢田彦太郎は、料亭の座敷で一人、卯之吉の到着を待っていた。

遊里では商人に変装をして〝四国屋の主人〟を名乗っている。町奉行所の役人は遊里を取り締まる立場だ。さすがに素性を晒して遊ぶことなどできなかった。

「八巻め、遅いではないか！」

待たされ過ぎて苛立っている。芸者を呼び、酒と料理も用意させて、先に始めていようか、とも思ったのだが、困ったことに金もない。

諸物価高騰の昨今、内与力の薄給では遊興もままならない。いつも支払いは卯之吉任せだ。

障子が開いて一人の芸者が顔を出した。

「あら、四国屋の旦那様！　ようこそお渡りを」

馴染みの芸者である。

「おう、豆太郎か」

「三国屋の若旦那もご一緒では？」

「あやつは遅れて来るのだろう。出仕の刻限を守ったためしなどない男でな」

「出仕って？」

それは武士の世界の言葉である。

「な、なんでもない。さあ、こっちへ来い」

立ち上がり、歩み寄って手を握り、強く引いた。

「あら、乱暴な」

豆太郎もまんざらではない顔つきで座敷に入った。

と、その時であった。

「ちょっと豆太郎姐さん」

廊下で仲居が手招きしている。豆太郎が寄っていくと、仲居は小声で囁いた。

「御前様がお渡りなすったよ。豆太郎姐さんを座敷に呼べってご催促だ。どうなさるかね」

豆太郎はパッと笑顔を浮かべた。

「もちろん行くさね」

仲居は座敷を覗き込む。沢田彦太郎が座っている。

「こっちのお座敷はよろしいのかい？」

「ご指名があって呼ばれたわけじゃあない。座敷に入ろうが出ようがあたしの勝手だよ。フンだ。三国屋の若旦那もご一緒だと思ったのに。南町の内与力しかないじゃないか。嫌なこった」

沢田彦太郎の素性はしっかりバレているのである。変装が上手くいっていると思っているのは沢田本人だけであった。

「あたしは御前様のお座敷に移るよ」

「よいご思案でございますね」

「四国屋の旦那、ちょっと御免くださいましよ」

豆太郎はそそくさと座敷を後にした。

沢田彦太郎はまたしても独りぼっちになってしまった。待てども待てども卯之吉は来ない。

「遅い！　豆太郎は何をしておる！　八巻も来ぬ！　皆でわしを虚仮にしておるのかッ」

向かいの料理茶屋から賑やかな管弦と歌声が聞こえてきた。じつにお盛んな座敷の様子だ。

沢田彦太郎は窓に寄って障子を開けた。こちらも二階座敷、あちらも二階座敷だ。道を挟んで向かいの様子がよく見えた。

「ムムッ、豆太郎が踊っておる！」

豪奢な装束の大男も豆太郎と一緒に踊っていた。芸者衆は「御前様、御前様」と呼んで、もてはやしていた。

「あの男が豆太郎を引き抜きおったのか！　許せぬッ。一言文句を言ってくれようぞ！」

沢田は座敷を飛び出ると階段を駆け下り、道を横切って向かいに建つ料理茶屋に飛び込んだ。

驚いて立ち塞がろうとしたその店の主を押し退けて階段を駆け上がる。バーンと襖を開けて相手の座敷に踏み込んだ。

すると、〝拳〟をしている御前様と、卯之吉の姿が目に飛び込んできた。

「ややっ、わしの負けだ！」

御前様が「しまった」と言わんばかりに額を叩く。芸者の一人が大盃を持たせた。

「さぁ、御一献」

威勢よくお囃子が奏でられる。芸者と幇間がなみなみと酒を注いだ。

「ようし、見ておれよ。これしきの酒、一息に飲み干してくれるわ！」

御前様が大盃を呷る。お囃子はますます盛んになり、卯之吉はクルクルと舞い踊った。

「や、八巻……否、三国屋。ここで何をしておる」

あっけに取られた沢田がようやくに声を絞り出すと、ようやく沢田に気づいた卯之吉が「おや？」と不思議そうな顔をした。

「四国屋の旦那じゃあございませんか。今宵も良いお顔の色つやですねぇ」

「わしと飲むという約定をすっぽかし、なにゆえこの座敷で遊んでおるのだッ」

「ああ、そうでした。今夜はそういうお約束だったのでしたねぇ。いやね、そこの通りでこちらの大通人とばったり出くわして、意気投合しましてね。一緒に飲もうというお話になりまして。これはいけない、四国屋さんのことをすっかり忘れていましたよ。アハハハハ！」

「忘れておっただと！」

「それにしても。あいかたの遊女を取られた腹いせに他人様のお座敷に乗り込んでくる野暮天の話はよく聞きますが、男の飲み友達を取り返すために他人様のお座敷に乗り込んでくるのは珍しい」

卯之吉は、沢田が自分を取り返しにきたのだと勘違いをしている。

そして大はしゃぎだ。

「さぁ皆さん、初物ですよ。初物を見れば寿命が延びます！」

芸者衆がさんざめく。御前様も大笑いだ。

「面白そうな男じゃ！　四国屋とやら、わしの座敷によう参った！」

「そういうお主はいったい何者」

「わしか？　わしは遊び人の虎五郎だ。まぁ、虎さんとでも呼べ。そっちは卯之さん。わしは虎さんだ。まずは一献、飲め、飲めぇ」

沢田はたちまち遊女に取り巻かれて大盃を持たされた。そしてお囃子。なみなみと酒が注がれていく。

卯之吉は踊る。御前様は手を叩いて大喜びだ。

三

その頃、菊野が座敷についた『嵐山』では——。

料理茶屋の前に乗物が乗りつけられた。乗物とは高貴な身分の者が使う駕籠のことだ。その身分に相応しく、お供の武士を大勢従えていた。

乗物の中から山岡頭巾で面相を隠した武士が出てくる。装束も立派だ。やはり、大身の武士であると窺い知れた。

料理茶屋の主人が道まで出てきて、恭しく頭を下げた。

「ようこそお渡りくださいました。お連れ様は、すでに二階のお座敷でお待ちでございます」

謎の武士は無言で頷く。店に入ると堂々たる足どりで二階に向かった。

二階座敷の廊下には大勢の武士がズラリと正座していた。先客が引き連れてきたお供なのだ。まるで今夜だけ、この料理茶屋が江戸城の御殿にでもなったかのようであった。

謎の武士を迎えて一同が一斉に平伏する。謎の武士は山岡頭巾を外すと自分のお供に渡した。

襖の前に控えていた侍が、座敷内に向かって声を掛ける。

「尾張家附家老、坂井主計頭様、ご到着にございます」

そして襖を開ける。坂井は堂々と足を運んで座敷に踏み込んだ。

座敷には二人の武士が着座していた。二人ともが豪華な装束だ。

「遅かったではないか。我らを待たせおって。御三家筆頭、尾張家の格を見せつけておるつもりか」

四十ばかりの良く太った丸顔の男が言った。

「このわしとて水戸家附家老。中川肥前守じゃ。尾張家に見下されるのは辛抱ならぬぞ」

副将軍家の格式を笠に着た、気位の高い顔つきであった。

尾張家附家老の坂井は、皮肉を言われても表情ひとつ変えずに、自分の席に座った。

「刻限には遅れておらぬが」

それからもう一人にゆったりと目を向ける。

「紀州家附家老、加藤佐渡守殿。ご壮健そうにてなにより」

加藤は不愉快そうに顔を背けた。

「お主に丁重な挨拶などされると、何を企んでおるのやら、と不安でならぬわ」

紀州家の附家老の加藤は、気位の高さに加えて気の小ささも兼ね備えているようだ。細くて長い顔の五十男であった。

これで、尾張家、紀州家、水戸家の、御三家を支える附家老が顔を揃えたことになる。

坂井は二人の顔を見渡した。

「申すまでもなきことながら、今宵の談合も他言無用。覚書などもけっして記さぬよう願い申す」

二人が頷いた。


嵐山の主人は落ち着きがない。調理場の板前が質した。

「料理はいつ出すんですかね」

「ご談合が終わってから、というお指図だよ。呼ぶまでは誰も二階に上げるな、ってぇお達しだ」

「ちぇっ、せっかくの料理が冷めちまうぞ。温め直したら不味くなるってのに」

「煮物と焼き物は後にして、まずは酢の物と膾を用意なさい」

主人と板前のやりとりを耳にして、仲居たちも膳に皿を並べ直した。

そんな中、皆が忙しくして他人をかまっている余裕がないのをよいことに、一人の仲居がこっそりと台所から抜け出した。

新米の仲居、お京である。

お京は裏庭に出ると、高く積まれた天水桶（消火に使う水が入った桶）を踏んで屋根に飛び移った。足音ひとつ立てない、素早い身のこなしだ。屋根を伝って歩き、ひとつの窓から忍び込んだ。その部屋は、附家老たちが密談をする座敷の、ちょうど隣に位置していた。

欄間の彫刻の隙間から明かりが洩れている。お京は軽業師のごとくに身軽に跳んで天井近くに張りつくと、欄間越しに隣の座敷の様子を窺った。

「……紀州家附家老の加藤佐渡守……、水戸家附家老の中川肥前守……、そして尾張家附家老の坂井主計頭か……」

耳を澄ませる。

「上様はご本復あそばされ、表御殿での政務に復帰なされたぞ」

紀州家附家老が言う。坂井は大きく頷いた。

「それは重畳。天下の大慶にござるな」

「ぬけぬけと申すな！　我らが大奥中臈の富士島に合力しておったことが露顕したなら、なんとする」

水戸家附家老が身を乗り出す。

「左様。そのことじゃ。上様が急逝なさったその時にこそ、将軍家の代替わりに乗じて、我らの悲願が達成されるはずであった」

紀州家附家老が顔をしかめる。

「だが、その一挙もついえた」

水戸家附家老はため息まじりだ。

「今や、我らのほうが窮しておるぞ」

附家老二人は憂悶を隠しもしないが、一人、坂井だけは余裕の構えと口調である。

「どこが窮していると申すか。我らは、上様の御身に万が一のことがあった場合に備えて、万難を排そうと手を尽くしていたに過ぎぬ」

水戸家附家老が舌打ちした。

「我らは新将軍を擁立しようとしていたのだぞ。謀叛と受け取られても言い逃れはできぬ」

坂井の余裕は崩れない。

「上様がご重体だったのだ。徳川将軍家の弥栄（永遠の繁栄）を思えば、お世継ぎを擁立するのは当然のこと。これこそが我らの忠義――詮議をされたならば、左様に答えればよろしい」

　気の弱い紀州家附家老は泣きそうな声音だ。

「明日をも知れぬご病状だった上様が、急に快方に向かわれるとは……まったく予見できなかった……」

　水戸家附家老は丸顔の顎の肉を震わせた。

「思えばいかにも不可解な話。上様のご病気じゃが、じつは病ではなく、毒を盛られていたのではないか……などと噂する者もいる。富士島の仕業だと囁かれておるぞ」

　二人は坂井に目を向ける。

「ご両名は、なにゆえそれがしに目を向けられる」

　水戸家附家老が問いただす。

「坂井殿は富士島とご昵懇。頻繁に密会しておったではないか」

「心当たりがござらぬ。言いがかりはご無用に願いたい」

「我らとて目もあれば耳もあるぞ。水戸家にも子飼いの隠密がおる」

「なんと言われようとも、心当たりがござらぬ」

　水戸家附家老は何かを言い募ろうとした。それを紀州家附家老がとめた。

「ここで言い争っていても埒は明かぬ。されど坂井殿。紀州家にも懸念はござるぞ」

「いかなるご懸念か」

「新将軍に擁立されるはずだった御方……若松丸様……」

水戸家附家老が膝をポンと打つ。

「いかにも左様じゃ！　上様のご本復で、若松丸様の次期将軍就任の目はなくなった」

紀州家附家老が頷く。

「しかも上様は、甲府の幸千代君をお世継ぎに迎えるご意向だぞ。若松丸様の出番は、今後一切、回ってはくるまい。坂井殿、若松丸様のご処遇、いかになさるおつもりか」

坂井が何事かを口にしようとした、その時であった。

閉めきってあった襖の向こうから大音声が聞こえてきた。

「それは、わしも聞きたいものだ！」

襖が開けられた。一人の若君が傲然と入ってくる。座敷の中の附家老三人を順に睨みつけた。

「わ、若松丸君……！」

紀州家附家老の加藤佐渡守が仰天した。今、語っていた若君が現れたのだ。自分より身分の高い人物の前では敷物（座布団）を急いで外した。畳の上で深々と平伏した。

附家老たちは尻の下に敷いていた敷物（座布団）を急いで外した。畳の上で深々と平伏した。

御三家の附家老と言えばそれぞれが数万石の所領を持っている。一万石以上の武士を〝大名〟と呼ぶ習わしだ。

そんな〝大名〟たちを平伏させる。若松丸の身分はそれほどに高い。

腰帯から下げた印籠には三葉葵の変形紋が金箔で押されていた。

徳川家の家紋は三葉葵を円で囲った図形だが、この家紋は八角形で囲っている。本家の家紋の一部を変形させて使用するのは、親族に限られる特権だった。

若松丸は床ノ間を背にしてドッカリと座った。

「お前たちは、このわしを、いかに処遇するつもりなのか」

平伏したままの附家老たちを睨み回す。

「担ぎ上げるだけ担ぎ上げておいて、用済みとなれば古草履のごとくに捨てる気か。そうはさせぬぞ」

若松丸の唇が憎々しげに歪んだ。冷酷な笑みだ。

「わしが上様に訴え出たならばお前たちは一人残らず改易（かいえき）となろうぞ。〝附家老の宿願達成〟など夢のまた夢じゃ。切腹に使う短刀を研いでおくことだな」

坂井はサッと若松丸に向き直って言上する。

「我ら一同、あなた様を主君と仰ぐ心に、いささかの変節もござらぬ」

水戸家附家老が続けて訴える。

「好機は巡って参り申す！　いましばらくのご辛抱を！」

若松丸はますます不機嫌だ。

「ええいッ、わしの辛抱にも限りがあるぞッ。将軍位を継ぐことのできる家に生まれながら、尾張家に預かりの身に置かれ続けたのじゃ！　いつまでも大人しく幕閣どもの言いなりになっておると思うなッ」

紀州家附家老が慌てる。

「若君様、なにとぞお静まりを」

水戸家附家老は座敷の外に叫んだ。

「誰ぞ膳を持て！　酒じゃ、宴の用意をいたせッ」

それを受けて階下から「あーいー」と女の美声で返事があった。

菊野が芸者衆を率いて座敷に入っていく。途端に座敷が明るくなった。まるで花が咲いたようだ。

菊野はスッと若松丸の横に着いた。艶然と笑みを向ける。

「お殿様、本日はようこそ深川にお渡りくださいました。ごゆるりとおくつろぎくださいませ」

紀州家附家老が、まるで幇間のように追従する。

「若君様、深川一の人気芸者、菊野にございまするぞ！」

「ささ、ご一献」

「う、うむ……」

若松丸は、菊野の魅力にすっかり呑まれた様子で杯を差し出した。先程までの激怒は吹き飛んだようだ。

＊

同じ頃。

御前様と卯之吉の宴会は最高潮に達しようとしていた。何人もの芸者や幇間たちが推参（座敷に呼ばれていないのに押しかけてくること）してきて、三味線や鉦をかき鳴らしている。

御前様は太っ腹だ。「どんどん来い！」と招き入れる。払いは卯之吉がいるから万全だ。

深川も不景気の直撃を受けている。芸者も幇間も仕事にあぶれて困っている。まれに太っ腹なお大尽がやってくれば押しかけもする。

かくして宴席はどんどん賑やかになってくる。

「まるでお祭りですねえ」

皆で踊れば二階座敷の床がたわむ。床が抜けてしまいそうだ。

御前様が吠えた。

「座敷が狭い！　表に繰り出すぞ！」

「面白いご趣向ですねえ」

卯之吉も同意した。

そして卯之吉は、二階の窓の手すりから身を乗り出した。

「御前様の練り歩きだよ！　皆さん集まっておくれな！」

表道に向かって金を撒きだした。たちまちにして下の通りに人が大勢集まり始める。

「福の神だ！」

「金撒き大明神の練り歩きだぞ！」

芸人や野次馬たちが大勢集まってきた。

卯之吉の金撒きに御前様も驚いた。

「おおっ、そなた、豪気なものだな！」

御前様は高笑いの声を響かせた。


その頃、嵐山では――。

若松丸が厠に立った。若君ともなると厠に行くだけでもお供の武士がついていく。

男根を便器に向けて捧げ持つ係の者や、放尿し終わった後でふんどしと着物を直す係の者、などがいるのだ。彼らはその仕事で俸禄（給料）をもらっている。

厠から座敷に戻る途中、若松丸は廊下の角で一人の仲居と鉢合わせした。

「とんだご無礼を……！」

仲居は急いで道を譲り、廊下の隅で腰をかがめて若松丸を通した。

その時、若松丸は、ちょっと違和感を憶えて立ち止まった。

振り返る。仲居はそそくさと立ち去って、廊下の角を曲がって姿を消した。

その仲居──お京は小部屋に入った。そこは物置で、茶会に使う茶道具が棚にしまわれてあった。

お京は自分の袖の中を探った。若松丸から掏り取った印籠を取り出す。三葉葵の変形紋を確かめた。

続いてお京はひとつの箱を棚から取った。ちょうど印籠が入る大きさだ。空箱に印籠を入れる。組紐で縛って蓋が開かないようにした。

附家老達の座敷では、若松丸が厠に立っている間も酒宴が続いていた。

すると突然、障子窓の外から騒々しい物音が聞こえてきた。

鉦や小太鼓が打ち鳴らされ、三味線が鳴らされ、皆で謡い騒いでいる。

紀州家附家老が首を傾げた。

「いったい何事か。富ヶ岡八幡社の祭礼か？」

水戸家附家老が障子窓を少し開けて外の様子を見る。そして瞬時に身震いを走らせた。

「あっ、あれは……水戸の殿じゃ！」

たちまちにして満面に冷や汗をにじませた。

「なんじゃとッ？……み、水戸公が、なにゆえ深川に！」

紀州家附家老も障子の隙間から覗く。水戸家当主の姿を確認した。

「もしや、我らの会合を嗅ぎつけられたのでは？」

疑念を口にした直後、水戸家附家老がさらに悲鳴をあげた。

「ああっ」

「いかがなされた」

「あれは……まさか、幸千代君ッ……？」

水戸公と一緒に踊る卯之吉の姿を目にしたのだ。そして幸千代だと勘違いしたのだった。

紀州家附家老の顔も不安で引き攣っている。

「なにゆえ、幸千代君と水戸公がここに現れたのだ？」

「も、もしや、我らがここで密議を交わしていることを、殿と幸千代君に嗅ぎつけられたのでは……」

「ここにおったのではまずい」

附家老二人はたちまちにして臆病風に吹かれた。

「坂井殿、今宵の話はなかったことにしてくれ。我らは何も聞いておらぬ。何も言ってはおらぬ」

水戸家附家老は、そう言い残し、そそくさと座敷を出て行く。紀州家附家老も、挨拶もそこそこにして去った。

若松丸が厠から戻ってきた。だが、附家老の二人はすでに退出している。

「坂井、あやつらは、いかがしたのだ」

若松丸に問われても、坂井は無言で杯を呷るばかりだ。

*

若松丸と尾張家附家老の坂井正重(まさしげ)も店を出た。乗物に乗って帰っていく。

「やれやれ。旦那衆が帰っちまったんじゃ、お座敷もお開きだね」

静かになった座敷で菊野は三味線の弦を緩めた。

そこへ仲居のお京が顔をのぞかせた。

「姐さん、ちょっと……」

「なんだい」

お京は座敷に入ってきて菊野の横で正座した。真剣そのものの顔を向けてくる。

「姐さんは、南町の八巻様とご昵懇だって聞いたけど、それは本当かい」

切羽詰まった様子に、菊野は少し驚いている。

「本当だったら、なんだってのさ」

「姐さんのお人柄を見込んでの頼みだよ。これを預かっておくれじゃないか」

組紐で封じられた桐箱を差し出してくる。

「あたしの身に何かあったら、これを八巻様に届けてほしいんだ」

「な、なにが入ってるのさ」

「八巻様のご詮議に、きっと役に立つ代物(しろもの)だよ」

お京も卯之吉のことを凄い同心だと勘違いしているらしい。

「中身は見ないほうが姐さんのためだ。頼んだよ、姐さん」

お京は周囲に目を向けて、この場のやりとりを誰にも見られていないことを確かめてから急いで去った。

(困ったことだね)

菊野はそう感じたが、本当に卯之吉の役に立つ物であるのなら、預かってやるのも悪くない、と思った。

*

尾張家の江戸上屋敷の門が開いた。

若松丸を乗せた乗物と、坂井正重を乗せた乗物とが相次いで門をくぐる。お供の武士の行列が通りすぎると門の扉は重々しい音とともに閉じられた。

若松丸は将軍家の血を引く御曹司(おんぞうし)であったが、今は尾張家の庇護下(ひごか)にある。尾張家が若君を保護しつつ、生活の面倒をみているのだ。

若松丸の屋敷の前に乗物が着けられた。

坂井の乗物も止まる。坂井は乗物から出た。屋敷に入る若松丸を見送るためだ。

若松丸も乗物から降り立った。

そして突然、「ムッ」と唸(うな)った。

「いかがなされました」

若松丸は腰帯の辺りを両手で撫(な)で回している。

「印籠がない!」

「なんですと」

若松丸は、ハッと顔色を変えた。

「厠に立った時だ……廊下で、あの女に掏られた！」

慌てふためく若松丸をよそに、坂井は冷静に思考を巡らせる。

三葉葵の印籠など、掏ったところで金銭には換えられない。掏摸は盗んだ品々を故買屋や質屋などで売るのだが、三葉葵の入った品を買い取る商人は存在しない。そんな物が持ち込まれたなら、すぐさま町奉行所に通報する。掏摸からすれば〝足がつく〟という状態になるのだ。

であるから、高級すぎる物は掏り盗られない。それが常識だ。

しかし今回は三葉葵の印籠が狙われた。なぜだろう。

坂井の顔つきが険しくなっていく。

「これはいけません。我らの謀には、公儀と水戸公が目を光らせております。御家紋の入った印籠が相手方に渡ろうものなら、若松丸様が密議に加わっていたことが明らかとなりましょう。明々白々の証拠を突きつけられたなら、言い逃れはできませぬぞ」

「如何にする、坂井！」

すると坂井は「フッ」と笑った。

「ご心配には及びませぬ。我らはこのために、腕利きの者を傭っておりまする」

「麿の出番でおじゃるか」

突然に闇の中から声が響いた。呼び寄せるまでもなかったのだ。清少将の不気味な姿が松明の光を浴びて浮かび上がった。

＊

深夜の闇が江戸の町を包んでいる。

お京は夜道をひた走った。と、その目の前に、黒い影が立ちはだかった。

お京は素早く飛び退いて身構えた。

黒い影が低い声で笑った。

「隙のないその構え……料理茶屋の仲居とも思われぬのぅ……いったい何者でおじゃるか」

清少将だ。その顔は白粉で真っ白。額には置眉をし、唇には毒々しい朱色を点していた。

お京は自分の髷に手を伸ばした。挿してあった簪を抜く。それは隠し手裏剣であった。

「ヤッ！」

気合もろとも投げつける。清少将は素早く刀を抜いて打ち払った。簪が虚しく地面に落ちた。

少将は悠然と歩を進めてくる。

「盗んだ印籠を麿に渡すでおじゃる。大人しく渡すのであれば、お前の骸に、一輪の花も手向けてやろうぞ」

大人しく渡そうが、抵抗しようが、斬り殺すことに変わりはないらしい。

今度はお京は、隠し持っていた短刀を構えた。

「無益なことをしおる」

少将は嘲笑した。

お京は突きかかった。しかし難なくかわされて、一刀のもとに斬られた。

お京の骸を少将は冷ややかに見下ろした。刀を鞘に納めると、屈み込んでお京の両袖や懐を探った。

「……ないでおじゃるな」

求める品は所持していない。少将はしばし、考え込んでしまった。

四

空は白々と明るい。そろそろ夜明けだ。深川は低湿地にあって水堀も多い。季節によっては朝霧が立ち込めた。今朝も町中が白く染まっている。

卯之吉と御前様が料理茶屋から出てきた。

「ああ、楽しい宴であったぞ！」

御前様は両腕の拳を突き上げて伸びをする。

「久方ぶりに羽根を伸ばすことが叶ぅたわ！」

「それはよぅございました」

卯之吉も嬉しそうである。

「あたしも御前様のお陰で、良い遊びをさせていただきましたよ」

「うむ。もう一人はどうした」

四国屋こと沢田彦太郎のことだ。

「すっかり酔い潰れていますが、いつものことなのでご心配なく」

馬が引かれてきた。卯之吉は知る由もないが、水戸家の当主が乗る馬だ。目の覚めるような名馬であった。手綱を引いてきた男も身なりの良い武士である。

御前様はヒラリと跨がった。

「また会おう！」

一声かけると馬を進ませ、朝靄の中に消えていった。

＊

町奉行所の同心たちの出仕時刻は朝四つ（午前十時ごろ）だが、朝の挨拶が始まる前に騒動が舞い込んできた。

深川の番屋の者が南町奉行所に駆け込んできて、変死体が揚がったことを報せたのだ。

筆頭同心の村田銕三郎は、部下たちよりも早起きして誰よりも早く出勤する男だ。報せを受けるなり一目散に走り出た。

「新入りッ、遅れるなッ」

叱咤された新米同心の粽三郎がヘトヘトになりながら走る。永代橋を渡って大川を越え、深川に駆け込んだ。

「お役人様、こっちです！」

近在の番屋の者たちが集まっている。湿地の葦原の中に莚が伏せられていた。

村田は莚を捲った。女の死体がうつ伏せに横たわっていた。

「仰向けにしてみろ」

粽が顔を顰めつつ死体を動かす。死体の顔を見るなり村田が断言した。

「コイツは掏摸のお京だ」

粽が確かめる。

「御存じなので？　掏摸ですか？」

「ああ。腕の立つ女掏摸だ。たちの悪い小悪党だったぜ。ここ二、三年は、鳴りを潜めてやがったが、とうとう骸になっちまったか」

「悪党の末路ですね。自業自得ですよ」

「とはいえ、悪党だからって無闇に殺していいわけがねぇ。殺した野郎を放っておくことはできねぇぞ」

村田は検屍を始める。

「真っ向から斬られてやがる。鋭い太刀筋だ。よほどに剣の腕の立つ野郎の仕業に違ぇねぇな」

布は意外と丈夫で、刀で断つにはかなりの技量がいる。さらにそのうえ一太刀で致命傷を与えていた。切っ先が心ノ臓に達しているのだ。尋常ならざる腕前だった。

「お京に財布を掏られた武士、あるいは浪人が、激昂して斬り捨てた、ってところでしょうかね」

「そうかもしれねぇ」

粽は、お京の袖の中などを検める。

「何も持っちゃあいません。すると、掏った物は相手が取り返したのかな？」

「あるいはお京が掏摸の仲間に渡したか……。掏摸は、掏り取った物をすぐに仲間に渡す。掏摸を見破られて身を検められても、掏った物を持っていなければ言い逃れができるからだ」

「だけど変ですよ村田さん。武士が掏摸を咎めて斬ったというなら、町奉行所に届け出ればいいじゃないですか」

斬り捨て御免の時代である。武士が犯罪者を斬ったのなら、罪に問われるどころか褒められる。

「届けを出せねぇ理由があったんだろう」

それはいったいなんなのか。村田はちょっと考えてから続けた。

「世間に秘さねばならない身分か、それとも、世間に知られてはならねぇ物を掏り取られたのか……」

「面倒な話になってきましたね。町奉行所の手に負えるのかなぁ」

町奉行所が捕縛して詮議ができる相手は町人身分の者に限られている。相手が武士となれば、目付か大目付の仕事なのだ。

徳川幕府も縦割り行政の弊害を抱えていて、管轄が異なる事件には関わることが許されない。

村田も思案しあぐねる様子だ。

「ともあれ、事の真偽を明らかにするのが俺たちの役儀だ。まずはお京の掏摸仲間を見つけ出せ。仲間の一人が、掏った物を隠し持っているかもわからねぇ」

「はいッ」

粽は走り去った。

その頃になってようやく卯之吉がやってくる。今頃になってやって来ても役に立たないわけだが、それがいつものことだ。もう村田は小言をいう気力も湧いてこない。

＊

「まぁた、雨が降ってきたでげすよ」

銀八は傘を開いて卯之吉に差しかけた。自分は蓑笠をつけている。

「今年も長雨続きでげすねぇ。凶作になるんでげすかねぇ。お米の穫れ高が悪いっていうと、みんな気性が荒くなるでげすよ」

腹が減っているだけでも気が短くなるのに、飢え死にの恐怖が重なるのだ。自棄(やけ)を起こして犯罪に手を染める者も出てくるだろう。

「幇間が忙しいのは望むところでげすが、町奉行所がお忙しいのは、まったく願い下げでげす」

卯之吉が向かうのは荒海(あらうみ)一家だ。

「若旦那が自分から捕り物に首を突っこむなんて珍しいでげすね」

遠慮なく銀八が言う。卯之吉は「うん」と頷いた。

「殺された掏摸のお京さんだけどねぇ……弔(とむら)いもなく無縁墓地に投げ込まれるんじゃ、あんまり可哀相だ」

無縁墓地は大きな穴が掘られているだけだ。死体は穴の底に投げ落とされる。

穴はすぐには埋められず、死体は冷たい雨に打たれるのだ。

「家族がいるなら、引き取らせてあげたいじゃないか」

そういう理由で卯之吉は荒海一家の暖簾をくぐった。

「女掏摸のお京ですかい？　そいつの塒なら知ってますぜ」

荒海ノ三右衛門は即座に答えた。

「おや、そうかい」

「さすがは荒海の親分さんでげす」

銀八も感心している。

荒海一家は卯之吉の手先として働いているが、もともとは江戸の裏稼業の大立者である。犯罪界の情報を知り尽くしていたのだ。

「あっしが案内いたしましょう」

三右衛門は腰を上げた。

「あそこですぜ。掏摸の親玉が差配している長屋でございまさぁ。住んでる奴らは掏摸ばっかりだ」

野原の中に貧乏長屋が立っていた。周囲の草むらは、かつては墓地であったらしい。苔むした墓石が転がっている。そんな所に住みたがる者はいない。そういう場所は往々にして悪党たちの根城になった。

貧乏長屋は軒も傾き、板葺き屋根では雨水が弾けている。長屋に通じる小道は水たまりと化していた。

泥水を弾かせながら三右衛門が進んでいく。

卯之吉は首を傾げている。

「そんなところに同心姿で乗り込んでいったら、ご迷惑じゃないかねぇ」

社会の迷惑なのは掏摸のほうであって、同心が遠慮する場面ではない。

三右衛門が答える。

「なぁに、アイツらはケロッとしてますぜ。掏摸はその場を取り押さえねぇことにはお縄には掛けられねぇしきたりだ」

現行犯でしか逮捕できないと決まっている。

「お役人の前で畏れ入るような奴らじゃねぇんで。捕まえられるもんなら捕まえてみろ、ってぇ、ふてぇ性根の奴らばっかりですぜ」

「捕まらない自信があるんだねぇ。うらやましいねぇ。あたしは何をやるにも自信が持てない性分だからねぇ」

「江戸一番の切れ者同心で、剣術名人で知られた旦那がなにを言っていなさるんですかえ。ご謙遜もそこまでくると厭味ですぜ」

荒海ノ三右衛門は、この期に及んでもまだ卯之吉のことを、切れ者の剣客同心だと信じ込んでいる。

卯之吉たちは路地に踏み込んだ。長屋は静まり返っていた。

「ムッ」

三右衛門が急に足を止めた。銀八は驚いて訊ねた。

「親分、どうしたんでげすか」

答えたのは卯之吉だ。

「お前はわからないのかい。血の臭いがするんだよ」

三右衛門は用心しながら障子戸を開ける。長屋の中を覗き込んで、ますます険しい顔つきになった。

「こいつぁひでぇぜ」

長屋の中には、斬られた死体が転がっていた。

「亡くなっているのは、どなたですかね」

「掏摸の親玉でさぁ。こっちで死んでる女房も掏摸ですぜ」

もう一つの死体が衝立の向こう側にあった。卯之吉も注意しながら踏み込んだ。

「部屋中の物が酷く散らかってるね」

簞笥の引き出しなどが散乱していた。

「家捜しをしたんだね。大きな物音を立てたに違いない。長屋の人たちが物音を聞いたに違いないよ」

「聞き込んでめぇりやす」

三右衛門が外に出ていく。卯之吉は屈み込んで親玉の骸を調べ始めた。

「良く研いだ刀で斬られているねぇ」

「押し込み強盗でげすかね。長持ちの中もひどい荒らされようでげす」

「ご覧よ銀八。土間に銭が散らばってる。斬られた時に銭函がひっくり返ったんだね。金銭が目当ての押し込みなら、銭は拾っていくはずだろう」

「するってぇと……、どういうことでげすか」

外に出ていた三右衛門が戻ってきた。

「だめだ旦那。長屋の者が、みーんな斬られていやがるッ」

呑気者の卯之吉も仰天する。外に出て長屋の部屋を残らず見て回った。

「確かにみんな死んでいなさるね」

銀八の顔色は最悪だ。両手を合わせて「なんまんだぶ、なんまんだぶ」と唱え続けている。

卯之吉は考え込んだ。

「掏摸の皆さんを斬った曲者は、何を探していたのかな」

三右衛門が推理する。

「お京に大事な物を掏られた。それを取り戻そうとして、お京の塒まで押しかけてきやがった。そして掏摸の仲間を残らず殺した。長屋の部屋の全部を家捜しするためですぜ」

銀八が顔をしかめる。

「目茶苦茶でげす」

「ああ。やってることは目茶苦茶だぜ。だけどな、曲者にとっては理に適った振る舞いなんだ。やりてぇ事があって、それをやり遂げるために、一番てっとり早い方法を選んだんだろうよ」

「みんなかね？」

語りながら三右衛門の怒りが増していく。

「許しちゃおけねぇ野郎だ。子分どもを走らせて、必ずみつけだしやす！」

「うん。まずは近くに住んでる人たちに聞き込みをしておくれな」

「合点だ」

「……うーん。だけど長屋の周りは沼地と古い墓地だ。人気のない場所だからね。聞き込みができるかどうか怪しいものだけどねぇ」

卯之吉はもう一度、骸を調べはじめた。

「はて？　この太刀筋、前にも目にしたことがあるような気がするねぇ？」

＊

同じ頃、尾張徳川家の江戸屋敷では――。

「若君の印籠はみつかったのか」

坂井主計頭正重が清少将に質した。坂井の屋敷の奥座敷である。雨雲のせいで空は暗い。座敷の奥はほとんど闇だ。清少将が座っている。

「いいや、まだでおじゃる。じゃが、秘密を知ったやも知れぬ者たちの口は、封じて参った。永遠にのぅ」

おぞましい話をさらっと口にする。

聞かされた坂井のほうも動じる様子はなかった。

「だが、肝心の印籠がみつからぬのでは話にならぬ」

「麿は、あの女掏摸が料理茶屋を出た時から追って行ったのでおじゃるぞ。あの女、料理茶屋を出てから麿に斬られるまで、誰にも会っておらぬし、どこかに何かを隠した様子もなかった」

「なにが言いたいのだ」

「となれば、あの夜、あの料理茶屋にいた何者かに、店の中で、印籠を託したのではあるまいかのぅ」

「誰に渡したのか、確かめようもないぞ」

「しらみ潰しにあたってゆけば良いのでおじゃる」

「しらみ潰しか」

「左様、しらみを始末するが如くに、一匹、また一匹と殺してゆけば、いつかは女掏摸の仲間にたどり着くに違いないのじゃ」

少将は嗜虐的な笑みを浮かべた。これから始まる殺戮を思うと嬉しくてたまらない、という顔つきであった。

五

夕刻になった。深川の料理茶屋『嵐山』に菊野がやってきた。お京から預かった箱も持参している。

そして菊野は、思いがけぬ話を店の主人から聞かされた。

「お京ちゃんがいなくなった、だって？」

主人は困惑顔である。

「そうなんだよ。もう二日も店に出てこないんだ。勝手に辞めるったって、月末の給賃ぐらいは受け取ってから辞めるもんだろう。給賃を貯めたまま辞めるってのもおかしな話じゃないかね。なにかあったのかなぁ」

お京の正体が殺された女掏摸だということを主人も菊野も知らない。

菊野の胸に、不安が大きく膨れ上がっていく。

「三国屋の若旦那は深川に来ていなさるかい？」

まずは卯之吉に報せなければならないと思った。

主人は答えた。

「今夜は来てないね」

「確かかい」

「あの若旦那、来れば小判を撒き始めるからね。大騒ぎになってるはずだろう」

夕暮れの迫る深川はいたって静かだ。

「すまないけどね、今夜のお座敷は断っておくれじゃないか」

「姐さんまで、急になんだね。困るじゃないか」

「大事な用件ができたのさ」

菊野は駕籠屋に走った。町駕籠の駕籠かきが店の前で客待ちをしている。

「八丁堀の八巻様のお役宅まで走っておくれ。大急ぎで頼むよ」

菊野は懐の巾着から一朱金を摘まみ出すと、懐紙に包んで駕籠かきに渡した。

酒手（チップ）である。

「へいッ」

酒手の金額で駕籠かきの走る速さとやる気が変わる。一朱は一両の十六分の一の金額だ（一両は現代の金に換算すると十万〜十五万円ぐらい）。もちろん酒手の他に運賃も払う。

駕籠かきは勇んで菊野を駕籠に乗せると「エッホ、エッホ」と掛け声も軽やかに走り出した。

その様子を物陰から窺っている男がいた。ヌウッと音もなく姿を現わしたのは清少将だ。

「あの女、八巻の役宅に向かうでおじゃるか……さてはあの女が掏摸の仲間」

南町の八巻は恨み骨髄に徹している。

「ちょうど良い。我が身に加えられた恥辱、今宵こそ晴らすといたすでおじゃるか」

＊

八丁堀に着いた頃にはすでに空は真っ暗になっていた。菊野は駕籠を降りると、駕籠かきに運賃を払って、卯之吉の役宅に入った。

台所口に回る。台所ではおカネがガミガミと美鈴を鍛えていた。

（やっていなさるねぇ）

などと微笑んでいる場合ではない。

「夜分に御免なさいよ。卯之さんはご在宅かえ。大事な話があるの！」

美鈴とおカネはなにがなんだかわからぬ顔で菊野を見つめ返している。

菊野は八巻家の役宅にあがった。おカネと向かい合って座る。美鈴も同席して部屋の隅に座った。

菊野が差し出した桐箱を、おカネは油断のない目つきで凝視している。

「そのお京という仲居が、これを卯之吉に渡してくれと言ったんだね？」

「自分に何かがあった時には、と……」

おカネはちょっと思案してから、大きく息を吸った。

「よぅし、開けてみようじゃないか」

「見ると良くないことがあると言ってましたが？」

「もう、良くないことは起こってるよ。そのお京って女は殺されてるんだ」

「ええっ」

と驚いたのは美鈴であった。菊野のほうは予感があったので驚かない。やはりそうかと残念に思っただけだ。

驚いて声を上げた美鈴を、おカネがギロリと睨みつける。

「お前ねぇ、同心の役宅で暮らしてるってのに、江戸の市中でなにが起こっているのか知らないってのかい？　女掏摸とその仲間たちが殺されたってねぇ、同心たちは大騒ぎをしているよ！」

美鈴は返す言葉もなくシュンと肩をすくめた。

おカネは覚悟を固めた様子で背筋を伸ばす。

「それじゃあ、開けるよ。二人とも覚悟をおし」

小刀を取り出すと組紐を切る。蓋を開けた。

「これは！」

さしものおカネも驚いている。

菊野も前のめりになって覗き込んだ。

「三葉葵の印籠？　でも、ちょっと違うような」

「御分家（ごぶんけ）の紋だよこれは。将軍家のご親戚の紋だ」

蓋を閉める。

「あんた、とんでもない物を預かってしまったね。その女掏摸も、とんでもない物を掏ったもんだよ。これじゃあ殺されたって仕方がないね」

「だけど、おカネさん。印籠を掏られた殿様は、どうして掏摸の一味を皆殺しにしたんでしょう？　大事な印籠を取り返したかったのはわかるけど、なにも殺さずとも良いのではないかねぇ」

「女掏摸は『南町の八巻様に届けてほしい』と言ったんだろ。つまり、その殿様は、ご公儀の詮議を受けるほどに疚しい振る舞いをしていた、ってことだ。この印籠が疚しい振る舞いの証拠になるんだろうさ」

「どうしましょう。そうだ！　内与力の沢田様に相談して――」

「彦坊は頼りないよ。怒りん坊の威張りん坊だけど、自分より偉い相手にはまったく頭があがらないからね。子供の頃からそうだったよ」

酷い言われようだ。

「それならご老中様を頼るしか……月番老中の甘利様は卯之さんとご昵懇。卯之さんに頼んで、届けてもらうのが良いのでは」

「卯之吉に頼むまでもない。あたしが行くよ」

「おカネさんが？　甘利様のお屋敷にですか？」

「あたしゃ大坂の掛屋の女房だったんだよ。甘利様はその頃には大坂城代だった。あたしとは古い馴染みだよ」

譜代大名は元服をすると奏者番という役職を振り出しにして、寺社奉行、遠国奉行などを歴任し、大坂城代を経て若年寄、老中へと出世していく。

とくに大坂城代が重要で、大坂の統治と経済運営を担当する。無事に務めを果たして有能ぶりを認められることで、はじめて老中への道が開かれるのだ。

大坂の掛屋は大坂城代に協力して経済活動を助ける。その頃からの顔なじみだ、とおカネは豪語したのである。

その時であった。美鈴が「ムッ」と顔つきを変えた。腰の横に置いてあった刀を素早く摑み取る。

おカネも鋭い目を向けた。

「庭に誰かが入り込んだようだね」

その時、いきなり雨戸が外から蹴り破られた。白面の凶徒が飛び込んできた。

美鈴は刀の鞘を払う。

「清少将！」

今夜の少将は忍びのような黒装束だ。顔だけは公家ふうの白粉を塗り、置眉をしている。

「キエーイッ」

怪鳥のごとき奇声とともに斬りつけてくる。凄まじい一閃だ。

「菊野さん、危ないッ」

美鈴は菊野を突き飛ばし、辛くも刀で斬撃を受けた。ギインッと凄まじい金属音が響く。刃が削れて激しい火花が飛び散った。

少将は真後ろに飛び退く。美鈴を睨んで不気味に笑った。

「八巻はいずこにおる？　麿が決着をつけに来たでおじゃるぞ」

「お前の相手など、わたしで十分！」

「小癪な！」

少将は素早く飛び込んできた。斜めに刀を振る。美鈴はもっと体勢を低くして斬撃の下をくぐり抜けながら少将の脛を目掛けて刀を振った。

「なんと！」

少将は身を真横にして飛んだ。横っ飛びすることで美鈴の斬撃を避けたのだ。しかもただ飛ぶだけではない。手裏剣を投げつけてきた。

美鈴は顔の前に刀を立てて手裏剣を弾く。天井のある屋内ならでは、低い姿勢での応酬だった。

おカネが叫ぶ。

「慮外者めッ」

薙刀を手にして参戦してきた。二人を相手にしては分が悪い。たまらず少将が庭に逃げる。

「待てッ、逃がさぬぞ！」

おカネは薙刀を小わきに抱えて庭に下りた。美鈴は慌てた。

「おカネさんッ、深追いはなりませぬ！」

相手は幸千代と渡り合ったほどの使い手なのだ。美鈴も急いで庭に下りる。おカネは「えいやっ！」と気合を入れて薙刀を振るった。

少将が刀で受ける。と同時に受け流し、薙刀の間合いの内側に飛び込んできた。長柄（ながえ）の武器を相手にする時は密着して戦う。さすれば長い柄は邪魔にしかならない。

しかしおカネも、そんなことは先刻承知だ。柄を立てると石突き（いしづき）（薙刀の柄のいちばん下にある金具）で少将を突こうとした。

美鈴も戦いに加わる。清少将を背後から襲った。少将は右に左にと体を返しつつ足を踏み替え、おカネと美鈴の攻撃をあしらい続けた。

そこへ、生け垣の戸を押し開けながら荒海ノ三右衛門が飛び込んでくる。

「やいっ悪党ッ。八巻様のお役宅に乗り込んでの斬り合いたぁいい度胸だ！　荒海ノ三右衛門が相手をしてやらぁ！」

腕まくりして匕首（あいくち）を引っこ抜く。

さらにその後ろには卯之吉の姿もあった。

「おのれ、八巻め！」

さしもの清少将も四人が相手では勝ち目はないと踏んだのだろう。卯之吉を強敵だと思い違いをしているので尚更だ。

「この勝負、預けるでおじゃるぞ！」

言うや否や、座敷に飛び込んだ。

座敷には菊野がいた。菊野は急いで桐の小箱を隠そうとする。

「そいつを寄こすでおじゃるッ」

少将は小箱を摑んで無理やりに奪い取った。そして、障子を突き破って外へ逃れた。

「待ちやがれッ」

三右衛門が追っていく。

美鈴は菊野に駆け寄った。菊野は気丈（きじょう）に手を振った。

「あたしは大丈夫さ」

怪我はしていないようだ。美鈴は安堵した。それから悲痛な声を上げた。

「大事な証拠を奪われました！」

菊野は着物の乱れなど直しつつ涼しい顔だ。

「それも大丈夫。本物の印籠はこっちさね」

袂から桐の小箱を取り出す。まるで手妻使い（手品師）だ。美鈴は目をパチクリさせた。

「それじゃあ、奪われた桐箱は？」

「さぁてねぇ？　そこの棚に置いてあったものだけど」

卯之吉が答えた。

「ああ、それなら宋胡録の茶入れ壺ですね」

銀八が仰天する。宋胡録はシャム（タイ）で作られた陶磁器だ。

「ぎ、銀六百匁で若旦那がお買い求めになった、あの名品でげすか！」

「持って行かれちゃいましたねぇ。ハハハハ！　まぁ、皆さんに怪我がなくて、なによりですよ。茶入れ壺ひとつと引き換えなら安いものです」

どうして笑っていられるのか銀八にはわからない。

大坂の掛屋の女房だったおカネも、銀六百匁ぐらいでは動じない。

「あの贋公家、すり替えに気づいたらもう一度襲ってくるだろう。よし、甘利様のお屋敷に急ぐよ」

「これから遊びに出掛けようと思っていたところなのですけどねぇ。そうだ！　甘利様を遊里にお呼びするってのはどうでしょう。銀八、甘利様のご都合を聞いておいでよ」

「こんな時に、なにを馬鹿な冗談を言ってるんだ！　さぁ行くよ！」

さしものおカネも、卯之吉が本気で言っているとはまったく思っていないのであった。

六

老中、甘利備前守の上屋敷は〝西ノ丸下〟という郭（くるわ）にあった。町人地から見ればお堀の向こう側。江戸城内と認識されている。何事か起こった際にはすぐに将軍の御前にまかり出ることができるようになっている。

屋敷を訪れる客にとってはいささか畏れ多い。

それでも卯之吉とおカネはまったく畏れ入った様子も見せずに老中屋敷に入った。お供の銀八は身をビクビクと震わせている。

「おカネさんと若旦那、恐いもの知らずのところだけは、良く似ているでげす」

銀八はそう感想をもらした。

「それはそうと若旦那、ご老中様の上屋敷に参上して大丈夫なんでげすか？　若旦那のお顔を御存知のお侍様も多いのでは？　若旦那は若君様の影武者だったんでげすよ」

「あたしは老中様の下屋敷に押し込められていたからねぇ。あたしの顔を知っているのは、ほんの少しさ」

「でも、若君様のお顔のほうは、良く知られてるんじゃ？　若旦那はそっくりなんでげすよ」

「お前は、上様のお顔を見知ってるのかい？」

「知らねぇでげす」

「偉い人のお顔なんて、知っていないのが普通さ。念のために町人の装束に着替えてきたし、髷も結い直した。大丈夫大丈夫」

同心の髷はきつく髪を引っ張って結うので目尻がキリッとする。髷の結い方で厳めしい顔を作るのだ。一方、町人髷は緩く結うので柔和（にゅうわ）な表情になる。

卯之吉はシャナリシャナリと屋敷の門に向かっていく。確かにその姿は、将軍家跡継ぎには見えないだろう。

夜中にもかかわらず老中の屋敷に押しかけた卯之吉は、当然ながら、甘利家の家臣と押し問答になった。

「夜更けに何事！　明日にいたせ！」

と、当たり前のことを言われた。

（幸千代君に間違われることは、なかったでげす）

銀八は安堵している。卯之吉の問答は続いている。

「すぐさま、お知らせしたいことがあるんですけどねぇ……」

などと、とぼけた口調で訴えても、まったく聞き届けてもらえない。

痺れを切らしたのはおカネであった。

「じれったいねぇ！　もっと押しを利かせられないのかい」

卯之吉に代わって前に出たおカネが甘利家の家臣に向かってまくし立てた。

「あたしゃ大坂の掛屋、鶴屋忠兵衛の後家のおカネって者ですがね、備前守様が大坂城代だったころにお貸しした金子のうち、二千七百両をまだお返しいただいていないんですよ」

家臣は「あっ」と叫んだ。その借金には憶えがあったのだろう。

「鶴屋の後家か！　取り立てに来たのか……！」

おカネはニヤーッとほくそ笑んだ。

「取り立ては待ってあげてもいいですけどね、その代わりと言っちゃあなんだが、この者の話をいますぐ聞いてやっておくれじゃないかい」

家臣は冷や汗を拭いつつ答えた。

「殿のご所存を窺って参るゆえ、しばし待て！」

卯之吉とおカネは屋敷の広間に通された。

甘利が出てくる。床ノ間を背にして座った。

「久しいの、おカネ。……今宵はまことに借金の取り立てではないのだな？」

なにやら怯えを隠しきれない。おカネの借金の取り立ては、そんなに恐ろしいものだったのであろうか。

卯之吉は問題の印籠が入った箱を差し出した。甘利家の家臣が甘利の前まで運んで置いた。

甘利は箱の蓋を開いた。そして瞠目した。

「これは……！　若松丸君のご印籠！」

「そんなに大事な物なんですかね」

「どこで手に入れたのじゃ」

甘利の目つきが鋭くなる。卯之吉は一連の話を語って伝えた。

甘利が唸る。

「料理茶屋の仲居が盗み取り、深川芸者に託したと申すか。そしてその仲居は殺された。そして印籠を取り戻すべく曲者が暴れ回っておるのか」

「町奉行所が調べた話と、深川芸者の菊野さんの話をつなげると、そういうお話になりますねぇ」

「由々しき事態じゃ」

「殺されたお京さんは、いったい何者なんでしょう」

「公儀隠密か。あるいは大目付の手の者か……」

大目付は大名の監視をする役所、役人だ。

しかし甘利はちょっと考えてから首を横に振った。

「公儀隠密を差配しているのは我ら老中じゃ。江戸で隠密が殺されたならば、すぐさま報せが上がってくるはず。大目付も同様じゃ」

甘利は袖の中で腕を組んだ。

「まあ、いずこの密偵であるかは、いずれ明らかになるであろう。今、究明すべきは若松丸君の行状についてじゃ。これは難事じゃぞ」

おカネが口をはさむ。

「印籠の中には何が入っているのだろうねぇ？」

甘利が目を向ける。

「印籠の中身は薬と決まっておろう」

「そうとも限らないんじゃないかね」

卯之吉も頷く。

「そう言われてみれば、三葉葵の家紋にばかり目がいって、中身は確かめなかったですねぇ」

甘利は印籠を開けてみた。

「ムッ、これは？」

指を突っ込んで中から紙を摘まみ出す。広げて目を通すなり、顔色が一変した。

「血判状じゃ」

何人もが署名したうえに血で拇印が押されている。

「御三家の附家老の名が連なっているぞ」

おカネがウンウンと頷いて納得した。

「料理茶屋に集まっていたのは、附家老たちだったのかい」

卯之吉は興味津々だ。

「若君様を真ん中において集まって、なにを話していたのでしょうねぇ？」

「おおかた、元の譜代大名へ身分を戻してくれるように、という嘆願であろう」

甘利はかいつまんで説明する。

「附家老たちは、元々は、将軍家に仕える譜代大名であった。我らと同じ身分。老中にも就任できる名門だった」

「それなのに、どうして家老を務めていらっしゃるのですか」

「東照神君家康公と二代将軍秀忠公が、御三家をお建てになった時、御三家への出向をお命じなされた」

若くて未熟な若君たちが失敗をしないように、将軍家から目付役として家康の忠臣が派遣された。それが附家老だったのだ。

「附家老たちは、すぐに江戸に戻されて、老中などに就任できると考えていたのであろう。ところが将軍家は附家老の任を解こうとはしなかった。御三家の続く限り、御三家を支えるように、と、命じられたのだ」

甘利は胃の痛そうな顔をする。

「本来なら老中にもなれるはずの大名たちが、御三家の家臣に甘んじておる。附家老たちはなんとしてでも将軍家の直参に戻りたいのだ」

附家老は江戸時代を通じて延々と工作活動をやり続けてきた。

甘利は血判状に目を戻す。

「彼らの秘策は、こうじゃ。附家老が御三家を操って若松丸君を将軍に擁立する。成就したあかつきには、将軍となった若松丸君の命により、附家老は譜代大名に戻される。そして老中にも任じられるのであろう」

「ははぁ。そんな大事な血判状だから、若松丸様は肌身離さず、印籠に入れて持ち歩いていたのですね。……なるほど、大勢の人を殺めてでも、奪い返さずにいられないはずです」

おカネは顔をしかめた。

「人を簡単に殺すようなお人に、上様になられたのではたまらないよ」

卯之吉は甘利に質問する。

「若松丸様ってのは、どういうお人なんですかね」

「上様のお世継ぎ争いでは、幸千代君が第一位だが、若松丸君はそれに次ぐ御方だ。若松丸様を次の将軍に担ぎ上げようとする者もおる。その者たちを名付けて

〝若松丸党〟という」

　ますます話が込み入ってくる。

「住吉屋と富士島も若松丸党であった……という噂もあるのだ」

　住吉屋藤右衛門と大奥中﨟の富士島は、幸千代と真琴姫を暗殺しようとした。卯之吉たちの活躍で未然に阻止できたけれども、幕府が転覆しかねない恐ろしい事件であった。

「だけど噂止まりなんですかえ」

「真偽を明らかにすることはできぬのだ。噂が本当であったなら、上様は若松丸君とその一党を処罰せねばならぬ。これまた幕府を揺るがす大騒動になろう」

「大変ですねぇ」

「幸千代君は、よくよく知れば英邁なお人柄だとわかるのだが、見た目の印象は乱暴者だ。正直に申して、幸千代君よりも若松丸君のほうが、将軍に相応しいと考えておる大名、旗本も多い」

「若松丸様は猫をかぶっていらしたのですねぇ。それにひきかえ幸千代様は甲斐の山猿ですから。人気は出ないでしょうねぇ」

「これっ、口が過ぎようぞ！」

甘利の悩みは深そうだ。

「ただでさえ、ただ今の日本国は長雨による飢饉で疲弊しておる。今は、幕府が一丸となって政にあたらねばならぬ。幕府が内部で割れておる場合ではない」

甘利は背筋を伸ばして座り直した。顔つきも引き締める。

「わしも腹をくくらねばならぬ。あいたたた」

「急にお顔をしかめられまして、どうなさいました」

「胃痛じゃ」

「よくありませんねぇ。お薬を調合しましょうか」

「いらぬ。これより上様に対し奉り、若松丸君の醜聞をお聞きいただくのだ。胃薬ぐらいで治る胃痛ではないわ！」

「おいたわしい」

「口先だけでもいたわってくれるのは、お前だけだぞ！」

「おや、そうでしたか」

「まったく老中などという身、労多くして益少ない！　そのほうども、こたびは大儀であった！」

堂々と広間を出て行く。廊下を去っていくその後ろ姿から愚痴が聞こえてきた。

「附家老どもめ、老中になった時の苦労を知れば、老中になりたいなどとは決して申すまいに……。いたたた……」

＊

陰鬱な雨が続いている。畳も床も冷たく湿って不快であった。

尾張家の上屋敷。御殿の一室で若松丸がイライラと歩き回っていた。

「鬱陶しい雨じゃ！　気が滅入ってならぬ！」

近仕の若侍を呼びつける。

「出掛けるぞ！　吉原で気散じじゃ。供をせいッ」

近仕の者は止めた。

「坂井様のお言いつけをお忘れでございますか。印籠を取り戻し、ほとぼりが冷めるまでは、このお屋敷を出てはなりませぬ」

いかにも秀才らしい顔つきと物言いだ。その顔つきが癪に障る。若松丸は激怒した。

「わしの命に逆らうと申すかッ。わしは将軍家世継ぎぞッ」

あわや、刀を抜いて手討ちにしようか、というその寸前、別の家来が広間の外から声を掛けた。

「大坂の掛屋肝入、鶴屋の女房が、お目通りを願い出ておりまする」

若松丸は刀の柄から手を放した。大坂の掛屋肝入とは、大坂の金融・商工会の会長に相当する。

「何用か」

「若君様に金子を融通したい、との、申し出にございます」

「わしに金を貸したいと？」

「若君様が将軍位ご就任のあかつきには、御用商いを承りたい、との口上にございます」

「なるほど」

若松丸は自分が将軍になれると信じている。大坂の金融業者が擦り寄ってくるのは当然だ。まったく疑問は感じなかった。

「よかろう！　目通りを許す！」

江戸時代、床ノ間のある部屋を書院と呼んだ。高貴な身分の人々の対面には書院を使う。

広い書院の真ん中でおカネが平伏している。若松丸が入ってきて、正面の壇上に座った。おカネに向かって声を掛ける。

「面を上げよ！　わしは将軍家世継ぎであるが、格別の慈悲をもって直答を許す！」

おカネは恐縮しきりの様子でますます平身低頭した。

「ありがたき幸せ。この身の果報に存じまする」

「して、金子を用立てると申したそうだが？」

「将軍家ご就任にあたりましては、京におわす帝や公家様へのご挨拶もございましょう。若松丸君におかれましては何かと物入りと拝察いたしまする」

三国屋の喜七が廊下を渡ってくる。両手に三方を掲げていた。近仕の侍に手渡される。近仕の手で若松丸の前に置かれた。

包み金が十個、積まれてあった。包み金一個には二十五両が入っているので、二百五十両だ。

若松丸は顔を斜めにして見下ろした。

「なかなかのものだが、しかし鶴屋よ。たったの二百五十両でわしの歓心を買えると思っているのではあるまいな。将軍家世継ぎはそれほど安くはないぞ」

皮肉に満ちた物言いだが、おカネも負けてはいない。

「これはほんのご挨拶にございまする。手前は大坂の掛屋、ならびに江戸の両替商を代表して参りました」

「代表とは」

「若君様へお近づきを願う商人（あきんど）たちを、大勢、集めてございまする」

「おおッ、左様か。心強い！」

鶴屋一軒で二百五十両の献金であれば、十軒、百軒と豪商たちが挨拶に来れば、どうなることか。瞬時に大金を集めることが叶う。

おカネは若松丸の表情の変化をじっと見つめている。そして言った。

「深川の料理茶屋に、ささやかな宴席を設（もう）けました。今宵、おみ足をお運びいただければ幸甚（こうじん）にございまする」

「将軍家世継ぎたるこのわしを呼びつけようと申すか。商人たちのほうが屋敷に挨拶に来るべきであろう」

「こちらの屋敷は公儀隠密や大目付によって見張られておりましょう。豪商たちが集まれば、たちまち密会が露顕いたしまする」

「なるほど、わかった！　出向いてやろうぞ。じゃが、このわしが自ら足を運ぶのじゃ。わしを落胆させてはならぬぞ！」

「きっと、お喜びいただけるものと自負しておりまする」

おカネは含み笑いを浮かべつつ平伏した。

七

夜になった。雨は止んでいたが雲は濃い。月明かりはない。漆黒の墨を流したかのような暗闇が江戸の町を包んでいた。

荒海ノ三右衛門が夜道を走ってきた。

「若松丸の一行が尾張様のお屋敷を出やしたぜ。深川に向かってめぇりやす。まんまと大悪党を引きずり出すことができやしたね」

卯之吉は「うん」と頷いた。

「ご老中様が采配（さいはい）する捕り方であっても、尾張様のお屋敷には、踏み込めないからねぇ」

尾張徳川家を改易する覚悟があるなら話は別だが。

三右衛門は苦々しげだ。

「若松丸の野郎、尾張様に守られているのをいいことに悪事三昧だ。尾張様のお屋敷に逃げ込めば、誰にも手が出せねぇと舐めきっていやがった」

三右衛門は「フンッ」と鼻息を吹いた。

「けっして逃がしませんぜ」

子分たちに指図するべく、闇の中へと駆け戻っていく。


若松丸を乗せた乗物が料理茶屋の前に着けられた。乗物を下りた若松丸は鋭い眼光を四方に投げる。警戒は怠っていない様子だ。

店の主人に迎えられて中に入る。台所には豪華な膳が大量に用意されていた。

若松丸が横目で確かめる。

「商人どもは、大勢集まっておるようじゃな」

客の数だけ膳が用意されるのだから、その数を見れば参会者の数もわかる。

店の主人はひたすら畏れる様子で何度も頷いた。

「へい。皆様、首を長くしてお待ちにございます」

「さもあろう」

若松丸はフッと鼻先で笑った。上機嫌になってきた。

二階座敷に向かうべく階段を上がる。店の小者や料理人たちが頭を下げた。その目つきは料亭で働く人々にしては険しすぎる。まるで侠客の一家のようだが、若松丸は気づかない。

座敷に入る。そこでようやく若松丸は異常を察した。

「商人どもは、どこにおる」

広い座敷には誰もいない。無人の座敷に蠟燭だけが何本も煌々と灯されていた。

襖が開いた。

「お待ちしておりましたよ」

若旦那姿の卯之吉が現れた。その顔を見て若松丸が言った。

「幸千代殿ではないか。なにゆえここにおる」

卯之吉は「あっ、そうか」と呟いた。

「……当然、幸千代君のお顔を御存じなのですよねぇ」

「なにを言っておるのだ！　わかるように申せ」

「ええと、では、わかるように申しあげますけれど、落ち着いて聞いてくださいましよ。女掏摸のお京さんがあなた様から掏り取った印籠と、その中身の密書は、老中の甘利様の手を介して上様にご披露されました」

「なんじゃと！」

「上様はお怒りにございますよ。とりあえずのところ、事の究明が済むまで、甘利様のお屋敷にて蟄居せよ、とのご下命でございました」

奥の襖が開いて、甘利備前守と甘利家の家臣たちが姿を現わす。

若松丸は激怒した。

「わしは何も知らぬッ。さては貴様たち、結託してこのわしを陥れんとする謀かッ」

「おやおや、しらを切るのですかね」

「掏摸が盗んだ印籠に密書が入ってたなどと、とんだ濡れ衣だッ。そんなもの、いくらでも偽造ができようぞ！」

「血判がありましたけれども？　指紋を突き合わせれば、ご本人の拇印だとわかりますよ」

若松丸は歯嚙みした。しかしそれで観念するような男ではなかった。

「このわしは将軍家の世継ぎぞッ。罪人のように取り調べると申すか、無礼者ッ。指一本たりとも触れることは許さぬッ。ええい、そこを退けッ、退かぬかッ」

甘利が叱る。

「どこへお逃げなされるッ」

若松丸は怒鳴り返した。

「尾張の屋敷じゃ！　わしの身柄を押さえたくば尾張が相手となろうぞッ。糾問を受けるはそちのほうじゃ！　甘利、首を洗って待つが良いッ」

将軍家一族の権威を楯にして開き直られれば、老中といえどもさすがに弱い。家臣たちは尚更だ。誰も若松丸に飛び掛かることができない。

その時であった。

「見苦しいぞ、若松丸殿ッ」

大喝が聞こえた。大男が座敷に乗り込んできた。卯之吉は顔を向ける。

「おや。遊び人の虎さんじゃあござんせんか」

「おう、卯之さん。妙なところで顔を合わせるものだな」

その人物をひと目見るなり、甘利は急いで平伏した。

「水戸公！　ご出座、かたじけのうございまする」

甘利家の家臣たちもひたすら畏れ入って低頭している。卯之吉だけが突っ立ったままだ。

「あなた様は水戸のお殿様だったのですかえ。そうとは知らず、ご無礼を重ねてしまいましたねぇ」

「野暮なことは言いっこなしだぜ。遊里では身分を問わねぇのがしきたりだ。こっちもお忍び。気にするこったねぇぞ」

「そうは言われましても、この次に会った時には気をつかってしまいますねぇ」

甘利に言わせれば、今ここで気をつかえよ、という話だ。遊び人同士みたいな顔つきで立ったまま話し込んでいる場面ではない。

「水戸公！」

甘利は声をかけた。水戸の殿様も「うむ」と重々しく頷いた。

「若松丸。副将軍として命ずる。大人しく甘利の屋敷に赴き、上様よりの命があるまで蟄居いたせ！」

水戸家当主に命じられては、さしものお世継ぎも抗えない。若松丸は激しく気落ちして、その場でガックリと両膝をついた。

料理茶屋の店の前に乗物が運ばれてきた。若松丸が不貞腐れた顔つきで乗り込んだ。

周囲を甘利家の家臣たちと、荒海一家が守っている。

甘利は水戸公に向かって低頭した。

「ご面倒をおかけいたしました」

水戸家の当主は渋い顔つきだ。

「我が水戸家の附家老も関わっておる。とんだ醜聞だ。礼を言われるには及ばぬ。むしろ上様に詫びを入れねばならぬのはわしのほうだ」

甘利は水戸公の顔をじっと見つめる。

「あの女掏摸は、あなた様の御手先だったのですね」

「なぜわかった」

「あなた様の夜遊びは、若松丸君と附家老たちの密会を邪魔するためのものだったとしか思えぬからです。あなた様は附家老たちの動きを摑みかけていた。あとは証拠を集めるだけです」

水戸公はニヤリと笑った。

「役立たずの昼行灯などと呼ばれておるが、なかなかどうして切れる男だな甘利。才覚を隠しておったか。油断がならぬ」

「畏れ入りまする」

若松丸の乗物の扉が閉められた。

甘利はサッと手を振った。陸尺（駕籠かき）たちに無言で『行け』と命じた。

その瞬間であった。夜空に銃声が響きわたった。同時に駕籠の扉が弾け飛んだ。

「ううっ！」

呻き声とともに若松丸が転がり出る。その胸は血まみれだ。カッと血を吐いた。

甘利は叫んだ。

「しまった、鉄砲で撃たれた！」

荒海ノ三右衛門が彼方を指差す。

「曲者はあの屋根の上だぁ！」

黒装束の男がいた。火縄銃をその場に投げ捨てると軒の向こう側に消えた。

「清少将だッ。まさか鉄砲を使うとは！」

襲ってくるなら得意の剣で斬り込むはず、という思い込みがあった。地団駄を踏んでももう遅い。

甘利も叫ぶ。

「逃がすなッ」

家臣たちと荒海一家が一斉に走り出した。

＊

江戸城本丸御殿で将軍は甘利からの報告を受けた。

「若松丸が死んだか」

甘利は「はっ」と答えた。

将軍の手許には問題の血判状がある。将軍は血判状に目を向けて考え込んでいたが、やがて手焙り(てあぶり)の炉(ろ)に投じ入れた。紙はメラメラと燃え上がった。

将軍は、やおら、甘利に顔を向けた。

「徳川三家の附家老たちがいかなる理由で若松丸と血盟を交わしたのか、質してはならぬ」

「不問(ふもん)に付(ふ)せ、とのご下命にございまするか」

「若松丸は死んだのだ。附家老たちが何を企んでいたとしても、もはや何もできまい。よって、真相を明らかにする必要もない」

将軍は障子の外に目を向けた。

「雨が降り続いておるのう。民人は皆、難儀であろう。洪水や飢饉は続く。今、我ら公儀が為すべきは民の窮乏を救うことじゃ。今、徳川三家が悶着を起こせば天下は乱れ、救える命も救えぬようになる。あってはならぬことじゃ」

「御意にございます」

「幸いなことに水戸は道理を弁えた男。附家老たちの後始末は、御三家の当主たちに任せるとしよう」

将軍は席を立った。甘利は平伏して見送った。

＊

「雨が降り続くのぅ」

料理茶屋の二階座敷から外の景色を眺めつつ水戸公が言った。御三家の太守らしからぬ着流しの軽装で、柱に寄り掛かり、杯を傾けている。

座敷には卯之吉が同席している。

「女掏摸のお京さんは、残念なことでしたね」

水戸公の表情は晴れない。

「わしが殺したようなものだ」

「大名のお殿様と掏摸……いったいどういうご関係だったのですかね」

「わしが市中で遊興をしておった時にな、わしの財布を掏ろうとしたのだ」

「ははぁ」

「油断のあるわしではない。掏られるところを取り押さえた」

「町奉行所に突き出したのですかね」

　水戸公は苦笑した。

「わしもお忍びの身だぞ。町方役人の調べを受けて水戸の当主だと露顕したらなんとするか。市中をそぞろ歩きするなど、大名の自覚に欠けておる、と、上様から叱られるわい」

「ははは。なるほど大変ですねぇ。それでお目溢し（めこぼ）をしたのですか」

「うむ。その時、わしの酔狂の虫が騒いでな、『わしより掏り取る工夫がついたら、いつでも来い。見事に掏り取ることができたなら褒美（ほうび）を取らすぞ』などと余計な物言いをした」

「ははあ」

「相手も掏摸の玄人（くろうと）。そこまで言われたからには後には退（ひ）けまい。何度も掏ろうと迫ってきた。が、ついに掏り取ることができなかった。お京は観念してのぅ。町奉行所に突き出してくれ、と自分から願い出たのだ」

「掏摸は、三回取り押さえられたら遠島です。三回捕まることは掏摸の皆さんにとって自分の誇りを打ち砕かれるのと同じですからねぇ」

「わしはのぅ、『ならば今日より生き方を変えよ』と言って聞かせた」

「その日から、あなた様の密偵として生きることになったのですね」

「わしの不徳だ。みすみす死地に追い込んだようなものだ」

「不徳ではございません。ご人徳ですよ。あなた様のために働きたい、あなた様のお役に立ちたい、そう思う人が慕い寄ってくる。そういう人たちの力が集まって副将軍家のお力となるのでしょう」

「それはお前も同じであろう。お前のためなら喜んで働く者たちが集まっておる。老中の甘利でさえ、お前のために骨を折っているように見える」

水戸公は卯之吉の顔をまじまじと見つめた。

「人に慕い寄られて、重荷に感じたことはないのか」

卯之吉は笑顔で即答する。

「ございませんねぇ」

「なぜだ」

「皆さんは、あたしの宴席に押しかけてきて、好き勝手に遊んでいるようなものですよ。あたしとしては、皆で楽しい時間が過ごせれば、それでいいんです」

水戸公はフフッと笑った。

「大気者よのぅ。お前のような男こそが将軍になるべきじゃ」

「そんな畏れ多い。あたしはただの放蕩者ですよ」

雨は降っている。景色は灰色の霞の中だ。水戸公は酒杯をクイッと呷った。

*

水戸公は水戸藩邸に帰った。すると、老臣の山野辺兵庫が押しかけてきた。

「いったい、いずこにお出掛けでございましたか！」

「説教なら後にせい」

「後にいたしますとも。南町奉行所の内与力が来ております」

「何をしに来たのだ」

「いつぞやの大水の時に、川に流した品々を持参してきたのでございます」

水戸家上屋敷の広間で、沢田彦太郎が平伏している。山野辺兵庫が素知らぬ顔で対応に出てきた。

「いかなるご用向きかな」

「此度は水戸様のお計らいにて、江戸市中に住まう町人たちの命が救われました。御礼申しあげまする。これはお屋敷から流された品々。どうぞお検めくださいませ」

そこへ水戸公が唐突に現れた。

「おう。南町奉行所の内与力とは、そなたのことか」

壇上に座る。沢田彦太郎は目を丸くした。

「お前は遊び人の虎五郎ではないか。なぜこんな所におる」

山野辺兵庫が顔を真っ赤にして憤激した。

「しっ、痴れ者めッ、ここにおわすは水戸公であるぞッ」

「ええっ。あっ……これは、その……ハハーッ！」

沢田彦太郎は顔を真っ赤にしたり真っ青にしたりして、慌てて平伏した。

水戸公は呵々大笑する。

「まぁ良い。どこぞの遊び人と見間違えたのであろう。ハッハッハ」

山野辺兵庫は歯噛みしている。今日のお小言(こごと)の時間は長くなりそうだ。水戸公はいつまでも高笑いし続けた。

第二章　悪行の橋

一

暗い雨雲が江戸の空を覆っている。大雨の降る中、破れた番傘を差して一人の武士が歩いてきた。

三十歳ほどの年齢で四角い顎。お世辞にも美男とは言い難い容貌だった。陰気な顔を伏せ気味にしている。

男は傘を畳むと荒海一家に入った。荒海一家の表稼業は口入れ屋である。武家屋敷の奉公人や女中の仕事を斡旋して仲介料を得ている。

男が入っていくと寅三が迎えに出てきた。

寅三は荒海一家の一ノ子分。普通の商家なら番頭に相当する。

「いらっしゃぇやし、大越（おおこし）先生。良く降る雨ですな。夏だってのによく冷えやすぜ」

時候の挨拶には答えず、男──大越貞助（さだすけ）は質（ただ）した。

「用心棒の仕事はないか」

「いいえ、それが……」

大越は腰に差した刀を叩いた。

「わしの剣の腕前は存じておろう。用心棒を務めるのに不足はないはずだ」

「先生のお腕前を疑ってるわけじゃあござんせん。用心棒のご用命が入っていねぇんですよ」

寅三は窓の外に目を向けた。

「こうも不景気では、どこの商家も財布の紐が固（かて）ぇんです。切り詰められるところは全部切り詰めていなさる」

「我ら武士は、商人たちから切り詰められる程度の者だと申すか」

「ご用命にお答えできずに相済みやせんね。まぁ、飯でも食っていっておくんなさいよ」

用心棒の仕事が入った時には仕事を頼むかもしれないので、追い返したりはしない。武芸の腕の立つ者なら、なおさら大切にしないといけない。

大越は一段高く作られた床板に腰掛けた。

「にぎり飯か」

惨めな顔をしたが、それでも摑んでむさぼり食った。

寅三が茶を淹れながら言う。

「嫌な噂がありやすぜ。腕の立つ御方に仕事を持ちかける野郎がいましてね。うかうかと話に乗っかるってェと悪党の一味にされちまう、って話ですぜ」

寅三は大越の横顔を見つめた。

「旦那みてぇに腕の立つ御方なら悪党も目をつけているはずだ。知らねぇ野郎が持ち込んでくる仕事には、十分にお気をつけなすってくだせぇ」

大越は飲み干した茶碗を床に置いた。

「馳走になった」

不機嫌そうに外に出る。破れた傘を差し直して、道の泥水を撥ねさせながら歩いて去った。

その後ろ姿に目をやりつつ、入れ違いに水谷弥五郎が入ってきた。

「ああ水谷先生。いらっしゃい」

「用心棒の仕事でもないかと思って立ち寄ったのだがな……。今の御仁の様子を見るに、仕事は入っておらぬようだな」

寅三は苦笑した。

「まぁ、そういうこってす。用心棒の仕事をお求めの御方は多いんですけどね、用心棒の仕事はまったく来ねぇんですよ」

「今の浪人もよく来るのか」

「三回ぐらい仕事を紹介しやしたね。……大きな声じゃ言えやせんが、あのお人はおそらく、ご浪人じゃござんせんよ」

「では、なんだ」

「仇討ちの身じゃねぇのかと」

仇討ちの相手を探して旅をする者は、貧乏な身なりで放浪しているけれども浪人（無職）ではない。主君（大名など）に仕えている。

水谷にとってはどちらでもいい話だ。

「しかし困ったなぁ」

「日銭に困ってるからって、悪事に手を染めたりしねぇでおくんなせぇよ。八巻の旦那のお縄にかかったりしたら格好がつかねぇですから」

「まったくだなぁ。まったく惨めだ」

水谷はガックリとうなだれた。

＊

若旦那姿の卯之吉が深川の通りを歩いてきた。全身に金のかかった装束である。一分の隙もない放蕩者の格好なのだが、その日ばかりは無粋な〝日和下駄(ひよりげた)〟を履いていた。

日和下駄とは、雨でぬかるんだ道を歩いても足回りが汚れぬように工夫された高歯の下駄だ。

普段の卯之吉は底に革を張って鼻緒に絹を巻いた雪駄を履いている。泥だらけの下駄はあまりに不似合いだ。だがそれも仕方のない話で、深川は低湿地なのである。雨が降り続けばたちまち一面の泥と化した。

「なんだか寂れているねぇ」

深川に客の姿が少ない。建ち並んだ料理茶屋（料亭）の障子が暗い。夕刻になれば賑やかに管弦と謡い(うた)の声が聞こえてくるのが深川だ。お座敷は明るい蠟燭で燦然(さんぜん)と輝き、不夜城と謳(うた)われた。

それが今はどうしたことか。人気も乏しく静まり返っている。まるで滅亡した大名家の城下町のようだった。

卯之吉は馴染みの料理茶屋に入った。店の主人が恵比須顔で迎えた。

「こんなご時世ですのに、変わらずご贔屓にしてくださいますのは三国屋の若旦那様ぐらいでございますよ」

お世辞で言っているわけではなさそうだ。多分本当の話だろう。

卯之吉は二階の座敷に通された。


「まったく、どうなっちまうのかねぇ」

深川芸者の菊野がこぼした。

菊野は深川一の人気芸者。客の前では愚痴などこぼすものではないが、卯之吉だけは別である。卯之吉の周囲で起こる事件に関わってきた。もはや客と芸者の関係ではない。

「今月に入ってから料理茶屋が二軒も店じまいしたよ。深川でも指折りの老舗だったんだけどねぇ」

銀八が同意して頷いた。

「老舗や名店でさえ潰れちまうんでげすから、並の店は言うまでもなく火の車でげす。あっしら芸人も大変でげすよ。幇間仲間も尻に火がついているでげす」

火事場の後片づけや火除け地の開削などの仕事はあったが、深川で働く男たちは芸人や料理人などだ。力仕事には向かない。傭ってもらえない。

卯之吉も、この男にしては珍しいことに憂い顔となった。

「困ったねぇ。深川中が沈んだ顔をしていたんじゃあ、遊びに来ても楽しくないよ」

深川の客が減り、寂しい雰囲気となり、「深川で遊んでも楽しくなかった」となれば、ますます客足が遠のく。悪循環だ。

「あたしはねぇ、もの寂しいってのが大嫌いなんだ。みんなで明るく楽しくやろうじゃないか」

すかさず店の主人が膝でにじり寄ってきた。

「派手にお撒きになりますか？」

「うん。派手にやろうよ」

二階座敷の管弦が掻き鳴らされている。深川まで仕事に来たけれども、お座敷がかからなかった芸者衆や幇間たちが顔を上げた。

「おおっ、あれは三国屋の若旦那だ！」

「金撒き大明神！」

卯之吉が二階座敷の手すりから身を乗り出す。

「さぁさぁ皆さん、長雨の憂いを吹き払いましょう！　今夜は深川中があたしのお座敷だ！　派手にやっておくんなさいよ！」

パーッと金銭を撒き始める。黄金の小判が宙に舞った。

歓喜の悲鳴が上がる。皆で腕を伸ばして小判を摑み取った。

「よぅし、今夜は金撒き大明神の縁日だよ！」

「派手にやってやろうじゃないか！」

芸者と幇間が三味線を搔き鳴らし、得意の芸を披露し始める。通りに面した店では急いで軒行灯に火を入れ、座敷に明かりをつけて夜道を照らした。

卯之吉は大喜びだ。二階座敷でクルクルと舞い踊り始める。

店の主人は涙を流して感激している。

「この賑わいの評判が広まれば、お客も戻ってまいりましょう」

長雨と不景気で気が塞いでいようとも、江戸っ子は本来、享楽的だ。深川でお祭り騒ぎが起こっていると知ればじっとしていられない。必ず深川に押しかけてくるはずなのだ。

「三国屋の若旦那は、まさしく金撒き大明神。深川の守り神にございます！」

卯之吉にしてみれば、そこまで感激されることをしているとは思わない。陰気なのが嫌いで、楽しく遊びたいだけだ。

＊

深川の東には広大な原野が広がっている。〝深川洲崎十万坪〟と呼ばれる。

かつては幕府もこの地を開墾しようと試みたのだが、高潮の際には海の水が大波となって打ち込まれる低地だ。当時の土木技術では、宅地化することも、農地にすることもできなかった。

そういう次第で百万都市江戸の近郊でありながら原野のままで放置されている。そして今は、困窮した人々の棲家となっていた。

日本中の農村が長雨の被害にあっている。年貢が納められないどころか自分たちが食べる米もない。

人々は田畑を捨てて、江戸への出稼ぎを選んだ。

江戸に行けば何かの仕事にありつけるはずだ。将軍が救済の手を伸ばしてくれるはず。そう信じてやってきた人々が原野に仮小屋（バラック小屋やテントのようなもの）を建てて暮らし始めた。

仮小屋の集落で焚き火の炎が揺れている。大釜が据えられ、粥が煮られていた。

米と薪と大釜を用意したのは濱島与右衛門と門人たちであった。

「米は十分にある。皆の腹を満たすことができる。慌てずに食べなさい」

濱島が自ら杓を手に取り、粥をよそっている。飢えた人たちが列を作って順番を待った。

日傭取り（日給で雇われる力仕事）から戻ってきた男たちが、布の袋を濱島に差し出した。

「これはオイラたちが稼いだ銭で買ってきた米だ。釜で炊いておくんなせぇ」

「おう、心強い！　皆で力を合わせて生き抜こうぞ」

門人たちに命じて別の釜を用意させる。門人は米を研ぎ始めた。

その後ろ姿を見て、ふと、濱島の脳裏に母親の姿が蘇った。

母親も貧しい身なりで、日々、忙しく働いていた。濱島に食べさせる物を必死に得ようとしていた。

濱島は首を横に振った。今は母の記憶などに浸っている時ではない。

(母がわたしを養ったように、わたしは皆を養わねばならぬ)

その時、場違いに楽しげな管弦の音が聞こえてきた。

濱島は顔をあげた。深川の町が明るく見える。賑やかな歌声と三味線の音が風に乗って伝わってきた。

焚き出しに集まった者たちは、茫然(ぼうぜん)と突っ立って彼方(かなた)の町を見ている。その顔にはなんの感情も感じられない。栄養失調で思考の低下した顔が並んでいるだけだ。

まるで天国と地獄だ。濱島与右衛門はそう思った。

「先生、このままでは米が足りなくなりまする」

門人に声をかけられて濱島は我に返った。

濱島も門人も算術の達者だ。焚き出しに並んだ人数と米の嵩(かさ)を見比べれば、どれぐらいの米が足りないのかはすぐに計算できる。

「左様だな。ならば、買い出しにゆこう」

濱島は言った。とはいえ原野に米屋などない。

「深川の町まで行けば米屋もあるはずだ。わたしが行ってくる。お前たちは焚き出しを続けなさい」

門人たちに命じて濱島は光り輝く町を目指して歩きだした。

深川の遊里は華やかな歓声に満ちていた。皆が舞い踊っている。

江戸中が不景気に苦しんでいる時に、なんとも場違いだ。

「……今宵は深川八幡宮の夜祭なのか」

呟くと、踊っていた酔っぱらいが「なに言ってやがるんでぇ」と嘲笑してきた。

「三国屋の若旦那が金を撒いてくださってるんだ。それでお祭り騒ぎだよ！」

卯之吉が二階座敷に姿を現わす。

「皆さんのお陰で楽しい夜です！　御祝儀ですよー！」

通りに集まった皆が歓呼（かんこ）で答えた。

「三国屋の若旦那！　日本一！」

卯之吉が「それーっ」と小判を撒く。皆が手を伸ばして受け取ろうとする。

濱島はカッと激怒した。

「なんと下品な！　堕落も極まる風潮！」

「なに言ってやがるんでぇ」

酔っぱらいは逆らう。

「売れない芸者や幇間の中には、腹を空かした子供を養いかねて、一家心中しようかってほどに追い詰められた奴らもいるんだ。卯之吉旦那が小判を撒いてくださったお陰で、みーんな助かった。死なずにすんだ。けなしたりしたら罰が当たるぜ」

卯之吉が放った小判が二人の目の前にポトリと落ちた。酔っぱらいが拾い上げる。そして濱島の顔を見た。

「見たとこ、あんたも腹を空かしていなさるな？　大切な誰かに飯を食わしてやらなきゃならねぇ、って顔をしてるぜ」

小判を濱島に握らせる。

「この金で米でも買って帰りなよ」

そう言うと酔っぱらいは走りだして、人の輪に加わった。

「いよっ、深川の守り神！　お救い大明神！」

卯之吉に向かって手を伸ばした。

手を伸ばした人々はその格好のまま踊りだす。その狂騒ぶりを濱島は、学者らしく気難しい顔つきで凝視している。

「……金で人を救うことができる。金がなければ人を救うことはできぬ。卯之吉殿が小判を撒いているのと、我らが米の焚き出しをしていることに、違いはないというのか」

下品と上品の違いがあるだけで、やっていることと、志は同じなのか。

「金があれば……、その金を撒きさえすれば、貧しさに苦しむ人々を救うことができるのか……」

松明(たいまつ)を手にした男が走り抜けた。その炎を濱島は横目で見た。濱島の瞳の中を炎が通りすぎていく。

炎に巻かれる母親の姿が蘇った。濱島は呻いた。思い出したくない記憶だ。鼓動が高ぶって、思わず胸を掻きむしった。

「母上……わたしは、救わねばなりませぬ……」

二

江戸城の御殿は〝表向〟と〝奥向〟とに分かれている。表向は徳川幕府の政庁だ。奥向は徳川家の私邸である。有名な大奥は奥向のいちばん奥に位置していた。

将軍は長いあいだ病に臥せって政務を執ることができなかった。

だが、病も癒えた。表向の御殿で政治に取り組む時間が増えた。

将軍は、老中の甘利備前守を同席させて、勘定奉行所より上がってきた判物(行政書類)に目を通した。

甘利に質す。

「江戸市中の商人よりの運上金が減っておる。なにゆえか」

運上金とは法人所得税に相当する。甘利は答えた。

「連年の凶作で町人の財布の紐も固くなっておりまする」

食料危機の不安が広がれば、消費活動も低下する。

「商いの品々が売れなければ、商人は儲けを出すことができませぬ。儲けが出なければ公儀への運上金も納めることもできませせぬ」

将軍は首を傾げている。

「小判の数が減ったわけではない。市中には潤沢に小判が流通しておるはずじゃ。その小判はどうなったのだ」

「金持ちたちが貯め込んでおりまする」

「小判を使わずに貯めてどうする」

「町人たちは不安なのでございます。長雨と不作がいつまで続くか見当もつかず、今よりさらに困窮した世の中になるかも知れませぬ。そんな世の中で頼りになるのは金銭だけ……などと信じ込んでおるのでございます」

「民たちの、その思案は当を得ているのか」

「否にございます。むしろ真逆。金が動かなければ世の中はますます困窮いたしましょう。農作物の穫れぬ今こそ、商いの力で世を支えねばなりませぬ」

「余も同じ考えだ。なんぞ大きな手を打って、商いを盛んにせねばならぬな」

「御意。されど……。容易な話ではございませぬぞ」

「なにゆえか」

「大きな政策を執り行うには、大きく投げ銭（投資）をせねばなりませぬ」

「仕方があるまい。今は民を救うことが大事」

「投げ銭の金は、年貢米に依存するしかございませぬ。しかし農民に重い年貢を課せば、ますます農民は苦しみましょう」

「民を救うためには金が要るが、その金を用意するには、民より搾り取らねばならぬのか……。これはまずい。本末転倒じゃ」

「ここはゆるゆると、無理のない政を行うしかございますまい」

「思い切った手は打てぬのか」

「辛抱と根気が肝要と心得まする」

将軍は渋い顔をした。

甘利は御前より下がっていった。

「毒にも薬にもならぬ男よのう」

将軍が思わず愚痴を漏らす。そこへ奏者番が静々とやってきた。奏者番とは将軍と対面する人物を案内する係の者である。幼少の大名が就任する。

奏者番の少年大名は正座して言上した。

「尾張様御附家老、坂井主計頭正重殿、御召(おめし)により参じてございまする」

「通せ」

裃(かみしも)姿の坂井正重が広間に入ってきた。将軍の御前で平伏する。

将軍は声をかける。

「尾張殿は、お健(すこ)やかか」

徳川御三家(尾張徳川家、紀伊徳川家、水戸徳川家)には附家老という人物がつけられている。御三家の家老職ではあるが、徳川本家より出向している――という立場でもある。徳川本家が御三家を統制するために置いた役職であった。附家老は徳川本家と御三家をつなぐ連絡係(パイプ)でもある。将軍はそのように理解しているので、坂井に問うた。

「余が尾張家に打診した上米(あげまい)はどうなっておる。尾張は承知したか」

内々に打診した政策に対して、尾張徳川家がどう反応したのかを質問したのだ。

上米は幕政が逼迫したときに臨時に課せられる〝上納米〟だ。実際には金で納められることが多い。

坂井は顔に表情を出さずに答えた。

「いささか難しかろうと心得まする。尾張家の領内もまた、長雨に祟られておりますれば、尾張家の金蔵も、ほぼ空にございまする」

「いかにも左様であろうなぁ」

将軍は渋い顔つきとなって首を横に振った。

尾張家は親族であるから、金の拝借を頼んだのだが、断られたら仕方がない。無理に「出せ」と強要したら徳川一族の内紛になってしまう。

「民を救うには金が要る。されど金が手に入らぬ」

愚痴がこぼれる。八方塞がりだ。

すると坂井が姿勢も顔つきもそのままに答えた。

「それがし、一案がございまする」

「なんじゃ。申せ」

「上様。これは尾張家より出た案ではなく、それがし一人の思い立ちにございまする。それでもご披露をお許しいただけましょうか」

「許す。申せ」

「上様。天下の富たる小判は、消えてなくなったわけではございませぬ。なぜに市中に小判が流通せぬのか。答えは一つ。金持ちたちが蔵や箪笥に貯めこんだまま動かそうとせぬからでございます」

その話は今も甘利としたので、将軍は「うむ」と頷いた。

坂井はわずかに身を乗り出した。

「金を貯め込んだ者たちに、その金を吐き出させるのでございます」

「いかにする」

「公儀をあげての大事業を公布いたしまする。金持ちたちをも巻き込んだ一大事業にございまするぞ」

「それこそ、金がかかるであろう」

「無論のこと、大金が要りまする」

「今の不景気な世で、やると申すか」

「不景気だからこそやるのでございまする。町人たちに十分な見返りを用意して投げ銭を促しまする。投げ銭をすればするほどに見返りがあると知れば、金持ちたちは競い合うようにして小判を差し出してまいりましょう。その小判で公儀が事業を興し、商業を活発にさせて、国を豊かにするのでございまする」

将軍は「ううむ」と唸った。坂井は重ねて熱弁を揮う。

「凶作を前にして公儀が居すくんでおれば民の心が離れまする。あえて大事業を挙行することで徳川幕府の磐石ぶりを誇示するのでございまする」

「我らの意気軒昂な様を見れば、金持ちたちも安心して商いに精を出すであろうな。さすれば商業は息を吹き返し、運上金も元のように納められるはずじゃ」

「仰せの通りにございます」

「して、その大事業は、何をする。干拓か。新たな田畑を作れば、江戸に溢れる流民たちの受け皿ともなろう」

「さすがは上様。良策にございまする。ですが、それでは得をするのは農民ばかり。商人たちの心は動かせませぬ」

「他に策があるのか」

「日光社参がよろしかろうと心得まする」

「日光社参？」

日光社参とは、将軍家による墓参りである。日光には徳川家康の亡骸が安置されている。将軍が諸大名を引き連れて日光に向かう。

「日光へ到る街道では大行列を連ねて、上様の威容をお示しになり、天下万民を安心せしめるのでございまする」

「それは良いが、それで商業は盛んになるのか」

「日光社参となれば、諸大名が奉納の品々を用意し、お供の家臣たちも装束を新調いたしましょう。かくして大金が動きまするぞ」

武士たちが、商人と職人に命じて作らせるのだ。

「また、道々の宿場には、米や、馬の飼い葉を用意いたしまする。公儀が米や飼い葉を買い集めることにより、街道近在に住まう庶民に銭が払われまする。飢えた者たちには干天(かんてん)の慈雨(じう)となりましょう」

「うむ。思い切った策だ。良案である」

「それがしのごとき者の愚策をお褒めいただき、この身の果報にございまする」

坂井は満足そうな笑みを浮かべている。それからチクリと皮肉を言った。

「それにしても……。ただ今の老中、この程度の策すらひねり出せぬとは。上様のお側にお仕えするには、いささか心もとなき器量かと……」

「甘利のことか」

「いえ、そこまでは申しておりませぬ」

坂井は平伏すると、御前より下がっていった。

*

日光社参の計画は公式には発表されなかったが、御用商人(あきんど)たちに向けては内々に告示された。

途端に、江戸中の商工人が色めきたった。

三国屋にも大勢の商人たちが押しかけてくる。

商人たちは三国屋後見のおカネとの面談を求めに来たのだ。一度には応対できないので、次ノ座敷で待たされた。

二十人を越える商人たちが待ちながら雑談を交わした。

「久しぶりの大商いですよ」

皆、ホクホク顔だ。

「しかし、先立つ物がなくては何もできませんからねぇ」

喜七がやってきて濡れ縁に正座する。

「相模屋様、こちらへどうぞ」

順番通りに奥の座敷に案内するのだ。

奥座敷にはおカネが座っていた。相模屋もその正面に座る。

「三国屋の後見、カネと申します」

「相模屋四郎左衛門でございます。どうぞお見知り置きを」

「それで、本日はどういったご用向きで」

「無論のこと、借財をお願いしにきたのですよ。三国屋さんも御存知でしょう、上様が日光社参をなさいますことを」

相模屋は、いかにも金満家らしい、肥え太った五十男であった。腹の肉を震わせて豪語する。

「手前の店に、東照宮にご奉納の錦繡のご依頼がございました。自慢に聞こえては申し訳もございませんが、手前の店は江戸開闢以来の草分け商人。二代将軍の秀忠様が日光ご社参をなさった頃から御用を拝命しておりますのでねぇ」

「それはたいへんに結構なお話です」

「ですけれども、お上からお代を頂戴できるのは、できあがった品をお納めした後。まずは手前の店で材料の仕入れをいたしまして、さらには腕の良い職人も集めねばなりませぬ。そのためには先立つ物がどうしても二百両ばかり……」

「皆までおっしゃいますな。わかりました。お貸しいたしましょう」

「早速の色好いご返答、ありがたい！」

「ご公儀が後ろ楯ならば、貸し倒れはございませぬからね。こちらも金貸しが商売。喜んでお貸しいたしましょう」

喜七が二百両分の包み金を盆に載せて運んできた。小判を白い紙で包んだ物を包み金という。一つ二十五両が入っている。

「それでは借用書にご署名ください」

喜七は文机を運ぶ。紙と筆と硯も用意されている。

相模屋四郎左衛門は嬉々として筆を取って借用書をしたためた。

「これだけの大金を即座にお貸しくださるのは三国屋さんだけだ。江戸の商いを支える大黒柱は三国屋さんだと、同業の仲間うちでも常々言い合っているのでございますよ」

おカネは「ふむ」と頷いた。

「お褒めの言葉はありがたく頂戴いたしますがね、利息は鐚一文たりとも負けられませぬよ？」

相模屋は出ていった。喜七は大事な借用書をもういちど確かめる。

「江戸中が活気づいてきましたね。ありがたいことです」

おカネに向かって言う。

「次のお客を呼んでおいで」

「へい、かしこまってございます」

三

大名家は幕府より、上屋敷、中屋敷、下屋敷を与えられていたが、それでも手狭になると自前で土地と屋敷を江戸市中に借りた。そういう屋敷を抱え屋敷と呼んでいた。

尾張家ほどの大大名となると抱え屋敷の数も多い。その中の一軒に、胡乱(うろん)な者たちが集まっていた。

全員が黒装束で、顔は覆面で隠している。数は五人。灯火もない暗い座敷に無言で座っている。

坂井主計頭正重が座敷に入ってきた。

「揃っておるな、世直し衆よ」

五人の黒装束たちが平伏する。一人の男が口許を覆った覆面を下げた。素顔が露わとなる。濱島与右衛門であった。

坂井は上座にドッカと座ると、濱島に向かって言う。

「本日、上様にお目通りしてきた」

濱島は坂井に訊き返す。

「本所深川の干拓に、お上はご同意くだされましたか」

濱島悲願の大事業だ。しかし坂井はそんな話を将軍に披露していない。逆に、農民が喜ぶだけの政策など無益、と否定した。

坂井は、腹の底を表には出さない。苦渋の表情を取り繕って首を横に振った。

「上様には、苦しむ民を救うおつもりはござらぬようだ」

「なんと！」

「上様のお胸の内には、ご自身の権威と面目を保つことしかないらしい。日本国が危急存亡の秋にあるというのに、日光社参を大々的に挙行すると仰せになられた」

「日光社参ですと！」

「徳川家康公への墓参り。それも、大勢の大名と旗本を引き連れてのぅ。壮大な無駄遣いに他ならぬ！」

濱島は激昂した。

「皆が飢えて苦しんでおるこの時に！」

「我ら大名家の胸中も穏やかではない。尾張家にもお供が命じられるであろう。そうとなれば御三家筆頭の格式を保つために大金を用意せねばならぬ。尾張の領民に苛斂誅求を課して金を集めねばならぬのだ」

坂井は嘆いて見せる。

「喜んでおるのは金持ちの大商人ばかりよ！」

「許せませぬ！」

「今こそ世直しが求められておる。世直し衆の出番だ。そうは思わぬか」

坂井は皆を煽動する。

「お上に取り入って、お上の御用を承ることで私腹を肥やす商人がおる。老中の甘利が、おのれに親しき商人ばかりに御用を命じておるのだ。甘利に親しき者たちばかりが甘い汁を吸う世の中だ」

「公儀を私するとは、許しがたき暴挙！」

「世直し衆よ！　天誅を加えるのだ！　お上が民を救わず、悪徳商人のみを肥え太らせるというのであれば、そなたたちが決起せよ！　悪徳商人から金を奪い取り、その金で民を救うがよい！」

「おう！」

黒覆面たちは一斉に立ち上がった。坂井は怪しい笑みを浮かべて頷いている。

夜道を駆ける世直し衆。目指すは相模屋四郎左衛門の店だ。

「ここだ」

掲げられた看板を見上げて濱島がサッと腕を振り下ろす。身の軽い小男が屋根に飛び乗って台所の破風（煙を外に出すための換気窓）から侵入する。厳重に閉じられていた表戸を内側から易々と開けた。

世直し衆は刀を抜くと開けられた戸口から踏み込む。

濱島が命じる。

「我らは正義の世直し衆。押し込み強盗ではない。殺してはならぬぞ。縛りつけて猿ぐつわを嚙ませよ」

店の中には使用人たちが寝ている。口を押さえて当て身を食らわせて縛り上げる。あるいは刀で脅して大人しくさせた。

奥座敷で寝ていた四郎左衛門も目を覚ます。仰天して布団をはね除けた。

座敷の中に刀を下げた黒装束がいる。

「な、なんだねお前は！　うわっ、やめておくれッ」

四郎左衛門は峰打ちで殴られて気を失った。

簞笥や銭箱が荒らされる。三国屋から借りた二百両が奪い取られた。

一味の黒装束たちは蔵に走る。四郎左衛門が就寝時にも首から下げていた鍵を使って扉を開けた。お宝の数々が運び出される。

奥座敷には四郎左衛門が使っていた文机がある。濱島は筆を取ると襖に〝天誅〟の二文字を大書した。柱には〝世直し衆　参上〟の紙が張られた。

千両箱を担いで世直し衆の一人が走る。暗い江戸の町中を走って、一味の隠れ家、尾張家の抱え屋敷に向かう。

と、その目の前に老人が現れた。火の用心の拍子木を打って回る木戸番だった。

世直し衆も仰天したが、老人も仰天した。急いで懐をさぐって呼子笛を取り出す。口に咥えて吹き鳴らそうとした。

世直し衆は焦った。警報の笛が辺り一面に響きわたれば、たちまち捕り方が押し寄せて来る。

その時そこへ、もう一人の世直し衆が駆けつけてきた。腰の刀を抜くなり斬りつける。老人は悲鳴すらあげることができない。呻いただけで倒れた。即死であった。

千両箱を担いだ世直し衆がホッと息をついた。老人を斬った仲間に目を向ける。

「大越の旦那かぃ。よくぞ斬ってくださった。助かったぜ」

大越——とよばれた男は、血のついた刀を凝視する。全身を震わせた。

「旦那ッ、何をしていなさるんで。さっさと逃げやすぜ」

世直し衆たちは千両箱を担いで逃げていく。大越も、思案を振りきるようにして走り出した。

*

薄暗い部屋。奪ってきた金を前にして濱島与右衛門が座っている。

「この金さえあれば、貧しき者たちを、そして腐敗しきった今の世を、救うことができる……」

蠟燭の炎に目を向ける濱島。目の中で炎が揺れている。

過去の記憶が蘇った。

夜中であった。大火事だ。幼い濱島は母の腕に抱かれている。焼けた柱が倒れ、火の粉が舞い散る中を母は必死で逃げている。濱島を逃がそうとしていたのだ。

その母の目の前に大河が立ちはだかった。向こう岸には江戸の町が見える。こちらの火事が嘘のように静まり返った町。町の明かりがチラチラと灯っている。あそこまで逃げれば生き延びることができる。幼い濱島にもそうわかった。

だが――。

「渡し舟が、ない！」

母が絶望の悲鳴を上げた。渡し場まで逃げてきたのに舟がない。船頭も舟で逃げてしまったのだ。これでは川を渡ることができない。振り返れば周囲は紅蓮（ぐれん）の炎だ。母と濱島は逃げ場を失ってしまった。

濱島は目を開けた。

「弱く貧しい者は、公儀からも世間からも見捨てられ、無惨に死んでいく……」

両目に冷たい光が宿っていく。

「公儀が救おうとしないのであれば、わたしが救うしかないのだ」

濱島は二百両の金をムンズと摑んで立ち上がった。

濱島は一人で夜道を走った。貧しい人々の暮らす貧乏長屋に踏み込むと、紙の包みを投げ込んでいく。

貧乏長屋の住人は、突然投げ込まれた紙包みを不審に思って拾い上げた。紙を広げると中には小判が一枚入っている。紙には『救民　世直し衆』の文字が判子で押されていた。

「世直し様だ！」

男は歓喜の声を上げた。

長屋中が騒ぎとなる。

「ありがたや！　お救い神様だ！」

皆で外に出て踊り始めた。

＊

翌朝。起き出した喜七は店の表戸をあけた。表通りには朝靄がかかっている。

喜七は軒行灯の火を吹き消した。

そこへ番屋の番太が走ってきた。喜七に何事か耳打ちした。

喜七は急いで奥座敷に走った。おカネも早起きである。鏡を手にして髪を整えていた。

喜七は縁側に正座して言上する。

「後見様、一大事にございます」

「なんだい。朝っぱらから騒々しいじゃないか」

「相模屋さんのお店に凶賊が押し込みまして、三国屋が貸した金が根こそぎ持ち去られたようにございます」

「なんだって」

さしものおカネも顔つきを変えた。喜七も青ざめている。

「ただ今、南町奉行所のお役人様がたが詮議に向かっているとのこと。おっつけ子細が届きましょう」


朝靄を蹴散らすようにして南町奉行所の同心たちが走っていく。報せのあった相模屋へと向かうのだ。

「新米！　遅れるな！」

どやしつけられた粽三郎が必死に走る。

相模屋に先行していた尾上信平が迎えた。

「裏の路地で木戸番の老人が斬られていました」

「店の者は？」

「店の者は無事ですが、みんな縛りつけられてます」

村田錬三郎は店に踏み込むなり顔をしかめた。

住み込みの奉公人たちが全員、縄で縛られ、猿ぐつわを嚙まされて呻いていた。

台所へと向かう。台所では女中たちが縛られている。

村田錬三郎は粽に命じる。

「解いてやれ。話を聞きださなくちゃならねぇ」

奥座敷に向かった尾上の声が聞こえてきた。

「村田さん、これを！」

村田も奥座敷に駆けつける。主人の四郎左衛門は失神したままだ。白目を剝いて布団に転がっていた。手足が縛りつけられている。

村田は襖に大書された文字を見た。

「天誅だと？　ふざけやがって！」

柱に張られた紙を引き剝がす。

「世直し衆だと？　クソッ、盗賊風情が何を抜かしやがるッ」

その大声で四郎左衛門が息を吹き返した。猿ぐつわ越しに呻いている。

同心の尾上は相模屋の使用人たちから話を聞いて、お調べ書きに書き留めた。

「揃って黒頭巾に黒覆面、黒装束じゃあ、人相風体の検めようもねぇなぁ」

ぼやきながら相模屋を後にする。南町奉行所へ歩いていると、

「旦那、南町の旦那!」

細い路地から声をかけられた。笠で面相を隠した男が手招きしている。尾上は不審に思いながら歩み寄った。

「なんだお前は。相模屋の一件で報せたいことでもあるのか」

男は笠も脱がずにニヤリと笑った。

「その逆ですよ。旦那から話を買い取りたいんで。あっしは早筆の伊太郎って者です」

「早筆だぁ？　瓦版屋のネタを集めて回る野郎か」

「へい。左様で……相模屋の話を聞きたいんでさぁ」

尾上の袖にそっと二朱銀を入れた。尾上は自分の袖に手を入れて金を摘まんで金額を確かめる。二朱銀は一両の約八分の一ほどの金額だ。

尾上は銀貨を突き返しはしなかった。つまり情報漏洩に同意した、ということだ。素知らぬ顔を余所に向けつつ聞き返す。

「で？　何が知りたいんだ」

「へへっ、旦那を見込んで正解でしたぜ」

早筆の伊太郎はニヤニヤしながら大福帳を捲って、矢立の筆を取った。

＊

凶報は江戸城の幕閣にも届けられた。そして南町奉行所の内与力、沢田彦太郎が、老中の甘利に呼び出された。

老中と役人の面談は〝芙蓉ノ間〟が使われる。襖に芙蓉という花の絵が描かれている。だが、今の沢田彦太郎には障壁画の美しさを愛でる余裕などない。

甘利が険しい面相で言い渡す。

「今回の押し込みは、ただの盗みではない。おざなりにできぬぞ」

「ハハッ」

沢田は平身低頭だ。その頭上に甘利のお叱りが容赦なく飛ぶ。

「天誅とは『天に代わりて不義を誅する』という意味であろう。法で裁けぬ非道を討つ、という意味じゃ。上様と公儀の政を罵っておるのに等しい！」

「いかにも。僭越極まる物言いにございまする」

沢田は冷や汗まみれの顔をちょっと上げると、おそるおそる訊ねた。

「上様には……事の次第をお知らせしているのでしょうか？」

「上様のお耳に入れることのできる話ではないッ」

大声を浴びせられ、慌てて平伏する。

「ごもっとも」

「なんとしても悪党どもを捕縛するのだ」

「南町奉行所をあげて、事にあたりまする」

「しくじったならば南町奉行の進退にも関わる。左様心得よ！」

いちばん恐れていた言葉が飛びだしてきた。捕縛できなければ町奉行本人が責任をとって罷免される。沢田は真っ青になった。

＊

大越貞助は橋の袂に立っている。江戸の町外れの、ずいぶんと寂しい場所だった。

手入れのされていない掘割には泥とゴミが溜まり、土留めの石垣からは雑草が長く伸びている。

大越は腰の刀を抜いた。抜き身の刀身を顔の前にかざして見つめる。血と脂がべったりと付着していた。

大越は無言で刀を放り捨てた。刀は川面に落ちてしぶきを上げる。

刀についた血は研ぎに出さないと取れない。人間の血に含まれる鉄分が刀の鉄と融合してしまう（合金になる）からだという。

研ぎ師は、預かった刀に血がついているのを見つけると、すぐさま町奉行所に届け出る。かくして刀の持ち主に対し、役人の詮議が始まるのだ。

だから人を斬った刀は使い捨てにするしかない。

刀は濁った泥水の中に沈んでいった。

「ふん。惜しくもないぞ、こんな駄刀（だとう）」

むしろ清々（せいせい）した顔つきでその場を離れると、大越は江戸の市中に向かった。

次第に人通りも多くなる。橋のたもとに人垣ができていた。

「さぁさぁお立ち会い！　またしても世直し衆が現れたよ。襲われたのは元今川橋（もといまがわばし）の相模屋だ。あくどい商売で世間を泣かせてきた悪徳商人に、ついに天誅が下ったんだ！　盗られた小判はどこへ行ったのかって？　貧しい者の懐に、空から小判が降ってくる、そんな果報もあるって話だ。事の次第はこの瓦版に書いてある。さぁ、買った買った！」

瓦版売りが大声を張り上げ、町人たちが競って買い求めていく。押すな押すなの大騒動だ。

その様子を離れた場所から見守っている男がいる。早筆の伊太郎だ。

「よく売れてやがる。俺の見立てたとおりだぜ。昨日までは八巻の旦那の捕物話がよく売れたが、これからは世直し衆だ。悪徳商人を懲らしめる義賊。江戸中で評判を呼ぶぞ」

そこへ同心が駆けつけてきた。

「ええい、やめよ！　お上を中傷する瓦版は許さんぞッ」

そもそも瓦版は違法出版物である。取り締まりの対象だ。同心が活躍する瓦版なら見てみぬふりもするが、泥棒を褒める内容なら容赦はしない。

「おいおい、あれは尾上じゃねぇか。まったくよくやるぜ」

自分が漏らした話が書かれた瓦版なのに取り締まるとは呆れた話だ。伊太郎は笑った。ともあれ逃げる。瓦版売りも、買い求めた者たちも、蜘蛛の子を散らすように逃げた。

騒動を黙って見ていた大越も、静かに踵（きびす）を返して立ち去る。江戸の大路（おおじ）を進んだ。

大越は一軒の質屋に入った。

「いらっしゃいませ」

店の主人が挨拶する。あまり歓迎する顔つきではない。大越の装束が見すぼらしかったからだ。

大越は店の板敷きに腰を下ろした。

「預けた刀を請け出しに来た」

懐から質札と小判を取り出して床板に置く。途端に質屋の主人は接客用の愛想笑いを浮かべた。膝行（しっこう）してきて質札を確認する。

「大越様ですね。お待ちください」

奥に入って蔵の中から刀を持って戻ってくる。柄も鍔（つば）も鞘もついた一式だ。

「お預かりしていたお刀です。どうぞお改めを」

大越は刀を抜いて確かめる。先ほど投げ捨てた刀とは雲泥の名刀だった。

「よかろう」

鞘に戻す。質屋の主人はホクホク顔で小判を受け取った。

「お貸ししたのは三両。利息は二分でございますから、お釣りは二分のお戻しにございます」

主人は四両を受け取ってから、二分金を差し出した。

「そちらのお金はどのようにご工面（くめん）をなさいましたか？」

大金が動くときは金の出所（でどころ）を確認するのが江戸のしきたりだ。犯罪で得た金ではないことを確かめる。

「国許の親類からの仕送りだ」

「左様でございますか」

そう答えられたら、質屋では、その先を調べようもない。あくまでも形式として質問しただけだ。

大越は立ち上がると刀を腰帯に差した。質屋の主人がお愛想を言う。

「見事なお刀でございましたねぇ。伝家（でんか）の宝刀にございましょう」

大越は挨拶もせずに店を出た。表通りを歩きながら面相を険しくさせる。

「伝家の刀を質入れしたのに、たったの三両しか貸さなかったではないか」

三両の金と引き換えに、伝家の刀が質流れになるところだった。刀は武士の魂。大越家の名誉と格式は三両の値打ちしかないというのか。不機嫌にもなろうというものだった。

小石川から駒込の一帯には小大名の大名屋敷が並んでいる。

石高が十万石以下なら小大名と呼ばれる。さらに三万石以下の石高だと〝木っ端大名〟などと口の悪い江戸っ子から陰口を叩かれることになる。

大越貞助が訪れた屋敷は、まさに典型的な木っ端大名の門構えであった。

「尾張様の抱え屋敷のほうがまだ大きい……」

大越は情け無い顔で呟いた。そして小さな門をくぐった。

御殿も小さい。その一室で待っていると江戸留守居役がやってきた。大きな大名家ならば江戸家老に相当する。

留守居役の老人はジロリと嫌な目を向けてきた。挨拶も省略して質した。

「そなたの兄を殺した仇は見つかったのか」

大越は無表情で答える。

「いまだ果たせませぬ」

留守居役は露骨に不機嫌な顔となった。

「殿は、お主が仇敵の宇部弥十郎を見つけ出し、仇討ちを果たすのを待っておわすのだぞ。家中より出した慮外者を放置いたせば御家とご主君の恥となる。諸国への外聞も悪い。お前はいったい何をしておるのだ。無為に日々を送っておるのではあるまいな」

宇部弥十郎は同じ家中の侍だったのだが、大越貞助の兄を殺して逃亡した。

逃亡犯であるから、逮捕権を持った役人が追跡して処刑しなければならない。

その役目は、武家社会の通例として、殺された者の子か弟に命じられた。

仇討ちは私怨による仕返しではなく、主君に命じられた公務なのだ。

公務であるから、仇討ちを成功させるまで帰国もできない。どこまでも罪人を追いかけ続けなければならない。

大越貞助は、仇を発見できない言い訳をした。

「ただ今の江戸には諸国より浪人が大勢、流れ込んでおりまする。深川洲崎の原野に仮小屋を建てて雨露を凌いでおります。拙者、その中に弥十郎が潜んでおるのではないかと目星をつけて、日夜、探索に励んでおりまする」

「お主の兄が殺されてから、はや、十年じゃ。弥十郎の人相も変わっておろう。見つけ出すのも、容易ではあるまい」

それがわかっているのなら家中をあげて手伝ってくれ、と言いたいところだが、そんなことは言えない。家中の武士には皆、それぞれの役目があって忙しい。大越貞助を哀れに感じても手伝いはできない。大名家も縦割り行政である。よその部署の仕事に手を貸すわけにはいかないのだ。

なんとしても貞助が一人で仇討ちを果たさなければならない。

大越貞助は質した。

「国許からの仕送りはございましたか」

「お主の親族からか？　届いておらぬ」

やはりか、と貞助は思った。

仇討ちの間、経済援助は親族から送られてくるのだが、親族たちもけっして豊かではない。まして三年続きの長雨と冷害だ。国許のすべてが貧困に喘いでいる。

「代わりに、お主の内儀の親族からの嘆願がわしの許に届いておる」

「わたしの妻？　どのような嘆願にございましょう」

「お主と内儀の離縁を勧めてほしい、と頼まれた」

「離縁！」

「仇討ちを果たさねば、お主は国許に戻れぬ。お主が仇敵を探しあぐねておる間、お主の妻は苦労の連続だ。妻の実家の親族たちが心配するのは当然であろう」

妻の父母からすれば、娘が苦労していることが可哀相でならない。

「幸い、お主たちには子もできなかった。子なくしての離縁はよくある話」

幸いとはなんたる物言いだ！　と貞助は激怒した。

しかし怒りを表明できる立場ではない。それどころか惨めに哀願せねばならなかった。

「い、今しばらく、お待ちいただけませぬか」

留守居役は渋い表情だ。

「我らは十分に待った。我らの期待に応えられなかったお主にこそ責めがある。十年だぞ。これほど探して見つからぬのだ。弥十郎は野垂れ死にをしたとも考えられる。大越、そろそろ内儀を自由にしてやれ」

しかし大越本人は、仇討ちという公務から解放してもらえない。

留守居役が質してくる。

「そもそもお主は今、いかにして生計を立てておるのだ」

「商家に雇われて、よ、用心棒をいたしております」

「用心棒じゃと？　内儀の無念と恥辱のほども考えよ」

なんという物言いか。無念と屈辱を味わっているのは大越貞助が一番だ。どんな気持ちで商人に雇われていると思っているのか。

しかし、そう抗弁したなら「仇を討ち取れないお前が悪い」と言われるに違いなく、しかもそれは正論だ。

「内儀の離縁を許してやれ。わかったな」

貞助は無言で平伏した。話を受け入れるしかなかったのだ。

＊

旅姿の妻が去っていく。実家から送られてきた小者が従っていた。大越は貧乏長屋の出口の木戸に立ち、去っていく妻を見送った。

その日の江戸は珍しく晴れ渡っていた。まるでただ今の妻の心象を反映しているかのようだ。

江戸の大路はまっすぐに伸びている。妻は一度も振り返ることなく、遠くの角を曲がって消えた。

大越は一人で貧乏長屋に戻った。板敷きに座り、刀を抜いて刀身を凝視する。

その時そこへ、足どりのやたらと軽い男が飛び込んできた。

「こんち、良いお日和で。軽業師くずれの燕二郎ですぜ。へへっ、先日は助かった。木戸番のジジイを旦那が斬ってくれなかったら、今頃オイラは磔柱に上がっていやすぜ」

やたら軽い口調と物腰である。千両箱を担いでいた世直し衆なのだ。

「大越の旦那、坂井の殿様がお呼びだ。……って旦那、なんだか顔色が悪ぃや。腹でも切ろうかって顔つきですぜ。なんか嫌なことでもあったんですかい」

大越は冷たい目を燕二郎に向けた。

「詮索無用」

殺気の籠もった目つきだ。燕二郎は軽薄な笑顔で返した。

「旦那やオイラみてぇな者が生きていりゃあ、そりゃあ毎日が嫌なことばっかりだ。だけど世直しで全部ひっくり返る。旦那やオイラが日の目を見る日がきっと来るってもんですぜ」

大越は刀を鞘に納めると立ち上がった。大きく息を吐いて気分を変える。

「そうだ。お前の言う通りだ。世直しに励まねばならんな」

「そうこなくっちゃ」

　二人は貧乏長屋を出た。目指すは世直し衆の根城、尾張家の抱え屋敷だ。

　黒装束の世直し衆が夜道を駆ける。先頭を走っているのは大越だ。覆面から出した両目が血走っていた。

　一軒の商家の前に集まる。豪商らしく高い塀によって囲まれていたが、軽業師くずれの燕二郎は難なく飛び越えて向う側に消えた。勝手口の戸が内側から開けられる。ヒョイと顔を出した燕二郎が、

「寝静まってますぜ。用心棒の姿もねぇや」

　と言った。

　大越は真っ先に刀を抜いた。店の中に突入する。

「天誅だ！」

　鬱憤（うっぷん）を晴らすように大越は暴れ回った。店の主人も、家族も、使用人たちも、峰打ちで殴り倒していく。店の板の間に、気を失った者たちが折り重なった。

　濱島与右衛門が命じる。

「猿ぐつわを嚙ませて縛りつけよ」

軽業師くずれの燕二郎が「へいっ」と答えて縛り上げていく。と、その時であった。気を失っていたふりをしていた番頭が、隙を見て起き上がり、逃げ出そうとした。

「しまった!」

燕二郎が叫ぶ。その直後、柱の陰から現れた大越が番頭の前に立ちはだかった。そして無造作に刀の切っ先を番頭に突き刺した。

番頭が倒れる。濱島が駆けつけてきた。

「何をするッ。我らは世直し党! 人を傷つけるとは何事かッ」

濱島は倒れた番頭を抱き起こすと、血を噴く傷口に手拭いを押し当てた。

「しっかりせよッ、今、傷の手当てをするからな」

治療を始めた濱島を燕二郎が呆れ顔で見ている。

「綺麗事が過ぎやすぜ、先生」

一方、大越は刀を拭って店の奥へと踏み込んだ。金を漁らねばならない。

*

翌朝、南町奉行所の同心たちが駆けつけてきた。

壁に張り紙がしてある。村田銕三郎が手荒に引き剝がした。

「クソッ、また世直し衆か！」

世直し衆の犯行を報せる張り紙だ。明らかに役人たちを愚弄している。

粽がやってきた。

「店の者は、雁字搦めに縛られていました」

「この前と同じか」

「ですけれど、今回は一人、刺された奴がいるんです」

「なんだと、生きてるのかッ」

「ええと……生きてます。手当てをされたんだそうで」

「誰に」

「世直し衆の一人に刺されて、別の一人に手当てされた……って、わけのわからねぇことを言ってます」

さしもの村田銕三郎も咄嗟に話が飲みこめないで眉根を寄せた。

そこへ卯之吉がひょっこりと顔を出した。今日は同心の姿だ。

「なんだか怪我人がいなさるって聞いたのでねぇ。あたしにもお手伝いできることがあるんじゃないかと思って来ましたよ」

村田はますます困惑を深める顔つきだ。

「お前は同心だろう。捕り物の手伝いを先にやれ」

「怪我人はどちらですかね」

粽が「こっち!」と言って卯之吉を奥へと連れていった。

板ノ間に布団が敷かれて四十代の番頭が横たわっている。意外にも元気そうだ。しかし怯えきった顔つきだった。卯之吉は興味津々の様子で近寄った。

「どれどれ脈を取らせてごらんな。ふむ、血の気はだいぶ失せているけれど心ノ臓は確かだね」

次に、番頭の身体を触り始めた。

番頭は困った様子で粽に訊ねる。

「こ、こちらの同心様は、いったい……」

「南町一の変人なんだ。好きなようにさせておくのがいいよ。飽きたらどっかに行っちまうからさ」

卯之吉が訊く。

「この晒は、どなたが巻いてくれたのかね」

「あっ、はい。曲者の一人が巻いてくれました。手当てをしてくれたのです」

「ふむ。ずいぶんと堂に入った包帯だ。素人じゃないね。どれ、晒を解くよ。あたしも傷を検めたいからね」

卯之吉は晒を解いた。刺された傷跡に顔を寄せる。

「おや？　縫ってあるじゃないか」

「へい。下女が使っている縫い物の糸で傷を縫われました。こうしておけば血が止まる、治りも早いと言われまして」

卯之吉は首を何度もひねり、顔を近づけたり遠ざけたりして傷の縫合具合を確認した。

「あたしらとは違うね」

粽が呆れ顔で訊く。

「何が違うってんですかね」

「あたしが学んだ蘭方医術とは針の掛け方が違うんだよ。流派みたいなもんだね。医術にも流派がいくつもあってねぇ。うーん、これはちょっと見たことがないねぇ」

それから番頭に顔を向けた。

「急所は外れてます。刺されてすぐに手当てをしてもらえたことも良かった。命に別条はないでしょう」

　そして晒を凄まじい速さで巻きつけた。

＊

　江戸城の表向御殿。今日も将軍が政務に励んでいた。

　近習の者たちが書類を文机に据える。老中以下の重役や諸役人が吟味したうえで認めた行政書類だ。不備はほとんどない。将軍は署名して花押を書き込めば良い。もしも疑問点があれば担当の老中や奉行を呼んで説明させた。

　奏者番の者がやってきて、きちんと正座してから告げた。

「尾張徳川家附家老、坂井主計頭殿、推参でございます」

　推参とは、将軍が呼んでいないのに向こうから面談を求めてくることをいう。

　坂井がやってきて平伏した。将軍は訝しそうに目を向けた。

「何用あっての推参か」

「焦眉の急の一大事ゆえ、押しかけ登城もお許しを願いまする」

　推参（押しかけ登城）は子細によっては犯罪となるのだ。

「許す。申せ」

「上様におかれましては、ただいま江戸の市中において、不逞の者どもが跳梁跋扈していることをご承知にございましょうか」

〝天誅〟と墨書された紙を差し出す。

「豪商に押し込み、悪行を恣にして大金を奪う凶賊ども。〝世直し衆〟を名乗り、世直しを謳い、天誅の張り紙を残していくのでございまする」

「世直し？　天誅じゃと！」

「上様と御公儀を誹謗中傷しておることは、疑いようもございませぬ」

「ゆ……許せぬッ」

顔に血を上らせた将軍を、坂井は不思議そうに見た。

「かような一大事を、ご老中の甘利様は御上奏していないのでございまするか」

「余はなにも聞かされておらぬぞッ」

「幕閣としては、上様のご機嫌を損じる凶事をお知らせすることはできぬ、と考えたのでございましょう。けれども……何事も包み隠さず、上様にお知らせするのが直臣の務めであるはず」

「いかにもじゃ」

「尾張徳川家もそのように愚考つかまつりまする。それゆえ、それがしがお伝えにあがりました。詳しい話はご老中にご諮問くださいまするよう……」

坂井は白々しい顔つきで言い放った。将軍の憤激は収まらない。

「甘利を呼べッ」

そう叫んだ将軍の声を聞きながら坂井は御殿を去っていく。その口許に笑みが浮かんだ。

＊

八丁堀の役宅では卯之吉が屋根に上がって風向風速計の手入れをしていた。三国屋の跡継ぎとしての仕事もあるが、それよりも楽しいことが優先である。風向風速計や気圧計が気になって同心姿で戻ってきたのだ。

普段は怖がりの卯之吉なのに、自分が好きなことをやっている時は危険をものともしない。梯子の下では銀八が心配そうにしている。

「降りてきておくんなせぇ、危ねぇでげすから」

そこへ三国屋の喜七がヒョイとやってきた。屋根の上を見上げて呆れ顔だ。卯之吉も喜七に気づいた。

「やぁ、待っていたよ。お金は持ってきてくれたかね」

「今回は何もございません」

「えっ」

「とにかく降りてきておくんなさい。大声では話もできません」

卯之吉はようやく屋根から降りた。

座敷に入って対面する。喜七は挨拶もそこそこに切り出した。

「お店で大金をお貸しした商家が、続けざまの押し込み強盗に遭いまして」

「ああ、世直し衆のしわざだってねぇ。奉行所で騒ぎになってるよ」

それを捕まえるのが同心の仕事のはずだが、まるっきり世間話のような口調だ。

喜七は続ける。

「三国屋とすれば、お貸ししたお金が戻ってこない。すなわち貸し倒れでございます。大きな損金を抱えた今、若旦那様のお小遣いはございません」

「困るねぇ。昨夜は、深川で有り金の全部を撒いてしまったからねぇ」

喜七とおカネからすれば、『そんなこと、こっちの知ったことか』という話である。

卯之吉は「どうしようかねぇ」と悩んでいる。喜七は入れ知恵した。

「若旦那様は同心様でいらっしゃるのですから、江戸の大店を回って、商人たちに袖の下を求めればよろしいのではございませんか」

するとと卯之吉は愕然となった。

「そんな……！　たちの悪いお役人様みたいな真似ができるものかい」

それが江戸の役人たちの当然の振る舞いなのだが、卯之吉にとっては、身震いが出るほどに汚らわしい話であるらしかった。

どういう道徳心で生きているのか、喜七にはさっぱりわからない。

＊

南町奉行所の内与力、沢田彦太郎が三国屋にやってきた。おカネの座敷に通される。

おカネの顔を見ると居心地の悪そうな顔をしたが、今は公務で来ている。町奉行所の重役らしく厳めしい顔を取り繕った。

「由々しきことが判明いたした。『世直し衆』を名乗る凶賊どもに襲われた商家は、皆、三国屋が金を貸した者たちばかりだったのだ」

「そんなことは、金を貸したこっちは百も承知だよ」

おカネのほうは、沢田彦太郎のことを〝泣き虫の彦坊〟として応対している。

「なにゆえ三国屋から金を貸りた商人ばかりが襲われるのか、我らはそれを訝しんでおる。なんぞ心当たりはないか」

「さぁてねぇ……」

「いずれにしても三国屋は狙われておる。用心棒を雇うがよかろう。ゆめゆめ用心を怠るでないぞ」

「わかったよ彦坊。ふん、あんたも言うようになったじゃないか」

「その彦坊って物言い、どうにかならぬか」

沢田彦太郎は情け無い顔となった。

そこへ菊野が茶を持ってやって来た。

「おや沢田様、ようこそお渡りを」

芸者で鍛えた笑顔を向ける。

沢田は不思議そうな顔をした。

「なにゆえここにそなたがいるのか」

菊野はおかしくて噴き出しそうな顔で答える。

「花嫁修行ですってさ」

沢田は仰天し、取り乱した。

「はっ、花嫁修行ォッ？　そなた、どこかへ嫁に行くのかッ……？」

声が裏返っている。沢田は菊野に岡惚れしているのだ。

菊野はちょっと意地悪っぽく微笑む。あえて否定はしない。否定しないので沢田はますますうろたえる。

おカネは渋い顔つきだ。

「彦坊、あんたは捕り物にだけ、専心していればいいんだよ！」

＊

貧乏大名の三男坊、梅本源之丞が江戸の町中をそぞろ歩いている。別段、用事があるわけではない。

横の角からうらぶれた身なりの浪人者が現れた。源之丞にとっては顔見知りだ。

「おう、水谷じゃねぇか。どこへ行く」

水谷弥五郎も気づいて足を止めた。

「三国屋へ参る。用心棒の依頼を請けたのでござるよ」

「用心棒？　なにか物騒な話になっているのかい」

「三国屋が金を貸した商人の店が、何軒も次々と襲われているらしい。喜七がわしの塒までやってきてな。しばらくの間、住み込みでの見張り番を頼まれたのだ」

水谷は腹を摩る。

「三食の飯も出す、というのでな、文字通り食いついた。近頃は不景気で、ろくな仕事にありついておらぬのだ」

源之丞は「ふ〜ん」と相槌を打った。

源之丞は、さすがに食うには困っていないが、退屈で死にそうではある。

「悪党退治か。面白そうだな。俺もいこう。卯之さんには奢ってもらってばかりだからな。たまには役に立つこともしねぇと義理が悪いぜ」

二人は三国屋に向かい、暖簾をくぐって店に入った。

奥座敷でおカネと対面する。

源之丞がおカネと顔を合わせるのは初めてだ。しかしいろいろな噂は聞かされている。卯之吉の周囲にいる者たちで、おカネのことを〝良く言う〟人はひとりもいない。

おカネはジロリと目を向けてきた。人を値踏みする目つきだ。

（なるほど性根が悪そうだぜ）

などと源之丞は思った。

おカネは水谷にも目を向ける。

「来たのかい」

水谷はおカネが苦手らしい。身震いしてから背筋を伸ばした。

「拙者が来たからには、悪党どもの跳梁跋扈を許すものではない。大船に乗った気でおられよ」

「フン。で、そっちの浪人は？」

「こちらは浪人ではない。源之丞殿。卯之吉殿のご友人だ」

さすがに、由緒ある大名家の御曹司という素性は隠して話を進める。

「卯之吉殿の生家の窮地と聞き及び、ご助力に参じてくださったのだ」

「ふぅん。あんたも貧乏の相が顔に染みついてるねぇ」

源之丞の顔をジロジロと凝視して不躾なことを言う。

「おかねは好きかい」

源之丞もいささかウンザリしてきた。

「金が嫌いな者などおるまい」

「おかねは好きか、と聞いてるのさ」

「無論、おかねは好きだ」

「そうかい。まぁ、菓子でもお食べ」

茶簞笥(ちゃだんす)から、小皿にのせた饅頭(まんじゅう)を出して、源之丞の膝前に置いた。

「茶も淹れようかねぇ」

台所へと向かう。座敷に源之丞と水谷が残された。

「聞きしに勝る猛女だな」

源之丞ですら思わずため息をもらしてしまう。

「あの老婆、おかねが好きかとしつこく聞いたが、どういうことだ」

水谷は妙な表情で顔をしかめている。

「あの老女はなぁ、おカネという名前なのだ」

「えっ」

「お主、貧乏の相だけではなく、大年増(おおどしま)に好かれる相もありそうだな……」

源之丞は食いかけた饅頭の手を止めて固まってしまった。

それはともかく、引き受けた仕事はきちんとこなす。源之丞と水谷は、まず、三国屋の周囲を見て回ることから始めた。

表通りに立って鋭い目を四方に投げる。

「悪党どもは、いったいどこから三国屋を見張っておるのだろうな」

路上には行商人。道端には甘酒売りが客待ちしている。屋根の上には瓦葺き(かわらぶ)の職人。町を見下ろす火の見櫓には火事を警戒する番太がいた。

源之丞の面相が険しさを増していく。

「どいつもこいつも、怪しい人相に見えてくるぜ」

水谷はすでに諦め顔だ。

「ここは江戸一番の商人地。朝から晩まで人通りが多い。悪党が潜んでいたとしても、とうてい見分けがつくまい」

「一人残らず呼び止めて、素性を問いただすこともできぬしなぁ」

二人は店の中に戻った。

その様子をじっと見ている者がいた。建物の間の細い路地に立ち、塗り笠で顔を隠している。大越貞助だ。

瓦版売りがやってきて、逆さにした桶の上に立った。

「さぁさぁお立ち会い！　またもや世直し衆が出たよ。押し込みでは、怪我人の介抱をしたってんだから驚きだ。こいつぁ本物の義賊だぜ！」

濱島の振る舞いについて語っている。怪我を負わせたのも世直し衆の大越なのだが、その辺りの事情は瓦版の内容を面白くするために削除されているらしい。

集まった町人たちも感心している。瓦版を買い求めると読みくだし、口々に感想をもらしあった。

「こりゃあ、掛け値なしの義賊かもしれねぇな」

「弱い者の味方だよ」

盛んに褒めそやしている。その顔つきは熱で浮かされた者のようだ。瓦版で誇張され、捏造された情報をすっかり信じ込んでいる。

大越は陰鬱な顔つきでその場を離れた。

＊

三国屋の敷地内には何棟もの蔵が建っている。裏庭の隅には粗末な物置小屋があった。

その物置小屋が、源之丞と水谷にあてがわれた部屋だった。

「あの老婆、思っていた以上に吝い(ケチだ)なぁ」

源之丞が呆れている。まさか物置小屋に入れられるとは思わなかった。

水谷は膳のご飯に土瓶の茶をかけてかき込んでいる。用心棒稼業でこの程度の扱いは普通のことだ。

「飯の味は、まあまあだ。お前の膳には饅頭もついてる」

「饅頭の話は、もう、いいから」

夕闇が濃くなってきた。物置小屋に喜七がやってきた。

「お使いを命じられました。大金を運びます」

水谷は戸口の外に目をやっている。

「こんな夕刻にか。もうすぐ真っ暗になるぞ」

「急な御用命でしてね。夜道は剣呑ですからね。用心棒をお願いします」

源之丞は水谷に促した。

「行ってこい。この店は俺が見張る」

「よし。駄賃のためならどこまでも行こうぞ」

かたわらに置いてあった刀をムンズと摑むと、水谷は立ち上がった。

風呂敷包みを背負った喜七が提灯をかざして歩いていく。風呂敷の中身は銭箱だ。ズッシリと重たそうであった。

三国屋を出た直後は、空はまだぼんやりと明るかったのだが、すぐに真っ暗になった。

吉原や深川のような歓楽街を除いて、江戸の町は夜の訪れとともに人通りも絶える。不景気な世であるから尚更だ。

降り続く雨のせいで大気は湿気を含んでいる。気温が急に下がると、たちまち夜霧がわいた。

「薄ッ気味の悪い夜ですねぇ……」

喜七が不安そうにしている。手にした提灯を精一杯に差し出すけれども、霧に遮られて光は遠くまで届かない。視界がまったく頼りにならないので、耳で聞こえる物音だけで警戒しなければならなかった。

喜七の足が止まった。

喜七は武芸の素人だが、人間には危機を察知する本能がある。臆病者にはとくによく備わっている。

何者かが闇の中から近づいてくる。全身の毛がゾワゾワとした。

「水谷先生……！」

「うむ」

剣客の水谷は、喜七よりも鮮明に危機が迫るのを察知する。腰の刀を抜きやすい角度に差し直し、柄に手を添えながら前に出た。喜七を背後にかばいつつ、闇の中の影に声をかけた。

「なにゆえ我らの前に立ち塞がるのか！　道を空けられよ」

江戸の歩行者は左側通行だ。敵意がないなら互いに道を譲って通りすぎる。

しかし謎の人影は道を譲らない。それどころか刀を抜いて襲いかかってきた。

黒頭巾(くろずきん)と覆面で顔を隠している。全身も黒ずくめだ。駆け寄りながら大声で吠えた。

「天誅！」

水谷も刀を抜いた。

「さては、お前が世直し衆かッ」

斬りつけられた刀を水谷はガッチリと受けた。力と力で圧(お)し合う。

「ぬうんっ！」

歯を食いしばり、力任せに押し返す。突き飛ばしながら刀を振るった。曲者は素早く飛び退いて避けた。水谷の刀は空振りした。

曲者は足を踏み替えて反撃に移る。小刻みな剣を突き出してきた。三段突きだ。三回の攻撃を水谷は刀で打ち払った。十分に受けきったところで斬り返す。しかしまたもや、かわされた。

敵ながら見事な体さばき。かなりの使い手だ。油断のならない強敵であった。

二人は立ち位置を素早く変えて斬り結ぶ。喜七は逃げ回るのに必死だ。思わず転びそうになって提灯を取り落とした。提灯に張られた紙が燃え上がった。

一瞬、周囲が明るく照らされる。水谷は思わず目を細めた。

照らされた水谷の顔を見て、曲者はなぜだか驚いている。ハッと何かに気づいた顔つきだ。

「お、お前は……！」

曲者は目に見えて動揺している。突然に身を翻すと、闇の中へと走り去った。

「なんだ？」

この展開には水谷も驚いてしまう。

いずれにしても危機は去った。水谷は刀を鞘に戻した。喜七が物陰から出てきた。

「なんでしょうね、今の曲者。水谷様の顔を見て急に走り去っていきましたが。もしかしてお知り合いなのでは？」

「凶賊に知り合いなどおらぬ。……と言いたいところだが、このわしも長い浪人暮らし。裏街道を生きてきたからな。悪党に知人は一人もいない、とは、とうてい言い切れぬなぁ」

水谷は首を傾げつつ、記憶をたどる。

「だがしかし、思い当たらぬなぁ」

「水谷様が斬ったお人のご親族ならば、どうです。水谷様を仇とつけ狙っているお人じゃないですかね。それなら相手が水谷様を知っていて、水谷様があちらをご存じなくても仕方がない」

「おう。それは大いにあり得る話だ」

「心当たりがあるのですか。どなたに狙われているんです？」

「心当たりがありすぎて、見当もつかぬ」

「しっかりしてください。町奉行所に報せれば、世直し衆の素性が一人、わかるかもしれないんですよ」

水谷はボサボサの鬢（びん）を掻きむしった。

「ええい、お使いに遅れるではないか。道草を食っている場合ではないぞ」

「あっ、そうでした」

喜七は風呂敷包みを背負い直すと、急ぎ足で歩きだした。

＊

大越は自分の長屋に駆け戻った。

部屋に飛び込み障子戸をピシャリと閉める。闇の中で立ったまま身を震わせた。

「あの男、宇部弥十郎に似ておった……」

三国屋の手代についてきた用心棒。炎に照らされた顔は、兄を殺した仇の顔に良く似ていた。

大越は水瓶（みずがめ）の水を杓（しゃく）で掬（すく）って飲む。そして大きく息を吐いた。

「いや、わからぬ」

床に上ると部屋の隅に向かう。行李（こうり）（物入れの箱）を開けて一枚の紙を取り出した。弥十郎の似顔絵や特徴を記した紙だ。

そこに描かれた似顔絵や特徴の数々は、いま目にした男と一致していた。人相書きを持つ手と腕が震えだした。

「ついに……ついに、仇敵と巡り合ったぞ！　弥十郎を討ち取りさえすれば、俺は胸を張って国許（くにもと）に帰参できる！」

仇を見事に討ち取った、という名誉とともに迎えられる。仇討ちの困難なことは周知の事実だ。「よくぞ成し遂げた」と主君や重役たちからも褒められるはずだ。禄高（ろくだか）の加増（かぞう）もあるかもしれない。

「まずは江戸留守居役様に知らせなければ……！」

仇討ちは公務であるので、連絡と報告が欠かせない。できるならば仇敵の身柄を押さえ、重役たちの見ている前で仇を討ちたい。

衆目（しゅうもく）の見守る中で立ち合って勝利し、称賛の拍手を浴びる。そんな自分を夢想した。

長屋を飛びだして大名屋敷に向かおうとする。と、その時。捕り方が走り回る足音が聞こえてきた。

「凶賊が出たぞ！」

「こっちに逃げてきた、という話じゃ！」

町奉行所の捕り方が番屋の者たちに報せて回っている。

大越は急いで長屋に戻って戸を閉めた。

「何をやっておるのだ、俺は……」

忽然とした、自分の今の困難な立場を思い知った。

仇を発見しました、と、留守居役に報告すれば、留守居役は「どこでどうやってみつけたのか」と問い質してくるだろう。「強盗をしようとした商家の用心棒が仇敵でした」とは答えられない。

藩が動いて仇敵の身柄を押さえた時に相手が、「大越貞助は世を騒がす世直し衆でござる」と訴え出たならどうなるのか。大越は顔を見られている。仇討ちの名誉どころではなくなってしまう。

「俺が世直し衆だということが露顕したならば……」

自身の切腹だけでは済まされない。家中より凶賊を出した不始末を問われて、主君や御家にまで、将軍から罰が下るであろう。

「なんということだ……」

仇を見つけたにもかかわらず、報告することも、討ち取ることもできなくなった。

行李の中には、世直し衆の押し込みで得た小判があった。薄闇の中でも鈍い黄金色の輝きを放っている。大越は小判を握り締めて苦悶した。

＊

売れない歌舞伎役者の由利之丞は二丁町の長屋で暮らしている。二丁町には江戸歌舞伎の市村座と中村座があって、芝居に関わる人々が大勢で集まって暮らしていた。

貧乏長屋の、畳も敷かれぬ床板の上で、水谷弥五郎は大の字になって横たわっている。三国屋から用心棒の駄賃が出たので、由利之丞に届けに来たのだ。

竈の前には由利之丞がいた。煙抜き窓から外に目を向けた。

「良く降る雨だねぇ」

熱燗をつけた銚釐を持って戻ってくる。

「ほら弥五さん、弥五さんの好きな酒だよ」

湯呑茶碗を置いて酒を注いだ。しかし水谷は寝そべったままだ。

「どうしたんだい。飲まないのかい。日本中で米が不作なんだ。食べるための米も足りないってんだから、お酒に醸される米はもっと足りないよ。もうすぐ酒も飲めなくなるからね。手に入った時に飲んでおかないとね」

水谷からの返事はない。由利之丞は唇を尖らせた。

「元気ないじゃないか。どうしたんだよ」

水谷はボソッと答える。

「わしのことをな、仇と付け狙う者が現れた……」

「えっ。どうするんだい。江戸から逃げ出すのかい。それとも返り討ちにしようってのかい」

「討たれてやっても良いな……などと思ってしまってなぁ」

「ええっ。なんで？」

「仇持ちは仇を討たねば帰国できぬ。妻も子も不幸なままだ。わしが討たれてやれば、一家が救われて幸せになれるのだ」

「弥五さん」

「なんだ、泣いておるのか」

水谷は慌ててガバッと身を起こした。

由利之丞はホロホロと涙を零す。

「弥五さんが死んだら、オイラはどうなっちまうのさ。オイラが看板役者になるまでオイラを支えてくれるって約束したじゃないか……！」

水谷はますます慌てた。太い腕を伸ばしてなだめにかかる。

「ああ、すまんすまん。長雨で気が塞いでおるせいだ。埒もないことを言った。けっして本心ではない。許せ！」

＊

「……というわけなんだよ若旦那。なんだかオイラ、心配になっちまって」

八丁堀にある卯之吉の役宅である。由利之丞が卯之吉に向かって訴えた。

同じ座敷に喜七の姿もある。三国屋を狙う曲者について報せに来たのだ。

「昨夜の曲者は、やはり、水谷先生の仇敵だったのですね」

喜七が言う。卯之吉は煙管を咥えてプカーッと紫煙をふかしながら聞いている。まるっきり他人事、無関心みたいな顔つきだが、喜七も由利之丞も卯之吉との付き合いが長い。こういう時の卯之吉は、卯之吉なりに真面目に思案しているらしい、ということに気づいている。

「本当に水谷様は、そのお人に討たれてやるおつもりなのかねぇ？」

喜七は「滅相もないお話です」と答えた。

「仇討ちだけに目を向ければ、水谷様が仇の悪役で、あちらの御方が善玉かもしれませんが、その善玉も今では凶賊です。捕まえなければいけません」

「そうだよねぇ」

「三国屋の取引相手を付け狙い、三国屋が貸した金を奪っていく悪党ですよ。早く捕まえないと、若旦那様へのお小遣いもお届けできなくなりますよ」

「それは困るねぇ」

由利之丞も身を乗り出す。

「弥五さんが討たれるより前に悪党を捕まえておくれよ」

「そうしようかねぇ。捕り物なんて、あたしの性分に合わないんだけどねぇ」

卯之吉は世評では〝江戸一番の辣腕（らつわん）同心〟ということになっている。しかし本当はいたって怠惰な男だ。

＊

水谷弥五郎は三国屋の用心棒を続けている。店の周りを見回りしたり、金蔵の扉が開けられる際には蔵の前に立った。

庭に置かれた腰掛けに座って、一日中ほとんど口も利かない。何事か、黙して考え込む様子であった。

日が暮れかかった頃、源之丞がやってきた。

「交代だぞ」

「うむ。後は頼んだ」

水谷は刀を摑んで腰を上げた。喜七に挨拶すると三国屋を出て、表の通りを歩きだした。

歩いているうちにすぐに暗くなった。水谷は坩の長屋に向かって行く。周囲の町の様子は次第に寂れたものへと変わり、人の気配もどんどん乏しくなった。火事の後に作られた火除け地の広場がある。雑草が伸びていた。周囲は寺と大名屋敷で、大きな古木が植えられている。なにやら田舎の里山を思わせる景色であった。

常夜灯が立っている。水谷は道を外れて火除け地に踏み込んだ。そして足を止めると振り返った。

「ここらでよかろう。姿を見せよ」

夜道に向かって鋭く声をかける。すると暗闇の中から黒装束の武士が現れた。

常夜灯の明かりに照らしだされた。

「気づいておったのか。油断のならぬ男だな」

水谷は袂から襷の紐を取り出して袖を絞る。襷掛けをして固く結んだ。

「三国屋を見張っておっただろう。その時から気づいておった」

「気づいていながら俺をここに連れ出したのか」

黒装束の男は刀を抜いた。

「出羽国加藤日向守が家中、大越善十郎の弟、貞助！　兄の仇、覚悟いたせ！」

水谷は「ふむ」と頷いた。

「大越貞助殿か。拙者が其処許の兄上を殺したのか。覚えはないが——」

「しらを切るつもりかッ」

「覚えはないが、さもあろうとも思う。拙者は人斬りを稼業としてきた浪人だ。知らずしらずに其処許の兄上を斬ったのであろうな」

「なにを言っておる！　お前は我が兄を殺し、国許より逐電したであろうがッ」

水谷は眉根を寄せた。

「それだと、ちょっと話が違う——」

「問答無用ッ」

大越が斬りかかってきた。水谷は後ずさりしながら、一撃、二撃をかわし、三撃めを刀で受けた。ギインッと鋭い金属音が響く。

「待てッ、拙者はそこもとの仇ではないかもしれぬ！　詳しく事情を申せ」

「兄の仇ッ、命乞いとは見苦しいぞッ」

「ええい、聞き分けのない奴！」

水谷は大越を押し返した。大越は執拗に斬りつけてくる。その斬撃の下をくぐって避けながら水谷は訴える。

「拙者は、加藤日向守家に仕えてなどおらぬッ。他人の空似だ！」

「貴様の腕には兄より受けた刀傷があるはず！　それが動かぬ証拠だッ」

「腕の傷？」

水谷は袖をまくって腕を見せた。

「傷などないぞ」

大越は足を止めた。目を見開く。水谷は万歳する格好で腕をあげて、よくよく見せた。

大越はガックリと脱力した。力みかえっていた肩がダラリと下がる。

「ひ、人違い、だというのか……」

「そのようだな。拙者も、あやうく、見ず知らずの者に斬られてやるところであった」

大越は衝撃に身を震わせていたが、やがて刀を鞘に戻した。水谷に向かって頭を下げる。

「拙者のとんだ不調法(ぶちょうほう)。幾重(いくえ)にも詫びる。……長年探し求めた仇敵によく似た御仁(ごじん)であったゆえ……取り乱してしまった」

「お気持ち、お察しいたす」

突然に大越が膝から崩れ落ちた。地べたにへたり込んで顔を両手で覆った。

「おっ……おおおお……」

野太い声で嗚咽する。溢れる涙と感情を堪えきれない。ついには大きな身体を震わせながら号泣しだした。

水谷弥五郎は無言で見下ろしている。哀れさと同情の入り混じった複雑な表情を浮かべていた。

「飲まれよ」

水谷弥五郎は銚釐の注ぎ口を向けた。安い居酒屋の板間で水谷と大越は向かい合って座っていた。

大越は湯呑茶碗で酌を受けた。安酒を一気に呷って飲み干した。

水谷弥五郎も手酌で注いで酒を飲む。そんな水谷を大越は上目づかいに警戒しながら見ている。

「なにゆえ、俺を酒に誘ったのか」

水谷弥五郎は自分の湯呑に二杯目を注ぎながら答えた。

「飲みたかったのだ。お主のような男と。なにやら、分かり合えるような気がしてな……」

大越は黙って湯呑を突き出してきた。水谷は注いだ。大越はまたしても一気に飲み干すと大きく息を吐き出した。

「分かり合えるものか。分かってたまるか！」

顔を横に向けたが、席を立つことはなかった。

二人は黙々と酒を飲んだ。銚釐は次々と空になり、居酒屋の亭主は酒を運ぶのに追われた。

水谷は十何杯目かの酒を飲み干し、濡れた唇を拳で拭った。そして大越に目を向けた。

「其処許、なにゆえ凶賊に身を堕としたのか」

大越はビクッと身を震わせた。水谷弥五郎を睨み返す。

水谷弥五郎はかまわずに続ける。

「仇持ちならば、れっきとした大名家の御家中のはず。仇討ちを果たせば晴れて帰参の叶う身分。それを振り捨てて、なにゆえ凶賊に身を堕としたのか」

「だっ、黙れッ」

大越は激しく身を震わせた。

「貴様のような貧乏浪人に、俺の気持ちがわかってたまるかッ。商人の雇われ用心棒の分際で侍たる俺に説教する気かッ」

浪人は厳密には侍ではない。侍とは〝主君に侍う者〟という意味だ。将軍や大名に仕えて初めて侍なのだ。

大越は手にした湯呑を膳に叩きつけた。銚釐が倒れる。だいぶ酔いが回っている。

水谷弥五郎も酔っていたが、背筋を伸ばして座り直した。

「いかなる苦役が其処許の身に降りかかっておるのか、それはわからぬ。だが、侍の矜持を捨てたならば、もはや侍ではござらぬぞ」

「この俺が侍に見えぬと言うか。ふん、そうだろうとも」

大越はふてぶてしく開き直った。

「兄の仇を追って十年。おそらく仇は死んでおろう。もはや帰参も叶わぬ。俺の家禄はとうに没収されておる。皆、俺には隠しているが、俺は知っているぞッ。家中の誰も、俺が仇討ちを果たすとは思うておらぬッ。俺はもう、浪人になるしかないのだッ」

「浪人か。良いではないか。浪人になってみればわかるが、そう悪くない暮らしだぞ」

「馬鹿めッ。貴様のように恥を恥とも思わぬ男と、この俺とを一緒にするなッ」

「いかにもわしは用心棒や力仕事で日銭を稼いで暮らしておる。町人に顎で使われて銭を頂戴しておるのだ。だがそれでも悪くない」

「俺は武士に生まれたのだッ。町人どもの指図を受けて銭を稼ぐことなどできるものかッ」

「だから、押し込み強盗になったと言うのか」

「町人に使われるなど武士の矜持が許さぬッ。生意気な町人どもを斬り捨てて、金を奪って暮らしたほうがマシであろうがッ」

「それが武士の誇りを守ることかッ」

水谷弥五郎は膝でにじり寄って訴える。

「わしも貧乏浪人。銭で雇われて俠客一家の用心棒となり、ヤクザ者を斬った事もある。わしには其処許の気持ちもよくわかる！　だからこそ言う。武士の矜持をはき違えてはならぬッ。誇り高く生きたいのであれば、悪事から足を洗わねばならぬぞ！」

大越は目を剝いて動揺している。水谷はさらに訴える。

「其処許には捕り方の手が回っておる。悪い仲間とは手を切って江戸を離れよ。浪人でも良いではないか！　遠くの上方で人生をやり直すがよろしかろう」

「嫌だッ」

大越は立ち上がって吠えた。

「俺はもうこれ以上、身を持ち崩すのは嫌なのだッ。兄が斬られたのは俺のせいではないッ。なのに何故この俺が苦役を背負わねばならぬ！　屈辱に塗れねばならぬのだッ」

大越の顔が憎悪で醜く歪んでいく。

「それが武士の道理だ。耐えよ、と申すのであれば、俺はそんな世の中に復讐してやる！　世直しだッ。世の中をぜんぶひっくり返してやるのだッ」

　水谷弥五郎は大越を見上げた。

「……もはや、引き返すことはできぬのか」

　大越は自分の刀を握った。

「話を聞かれたからには死んでもらう。お前も、この店の親仁もだ」

「人の心を失ったか」

「この俺に向かって人の心をもって接した者など、今まで一人もおらぬ！　人の心を失っているのは、武士と町人どものほうだッ」

　鞘を払って斬りつけてくる。水谷弥五郎は瞬時に抜刀し、大越の斬撃を下から打ち払った。

　大越は土間に飛び下りる。水谷弥五郎も立ち上がり静かに土間に下りた。

　大越が歯を嚙み鳴らして悔しがる。

「おのれッ」

　一閃、二閃、斬りつけるが、その斬撃はことごとく打ち払われた。水谷弥五郎は巨大な壁と化したような威圧感で踏み出していく。圧された大越は店の外へと逃れる。粗末な障子戸を蹴り破りながら表道に出た。

そして、そこに待っていたのは、荒海一家の子分たちであった。

取り囲まれている。大越は狼狽した。

「これは、なんとしたこと――」

すかさず言葉を被せてきた者がいた。

「手前ぇの逃げ場はねぇんだよ、この悪党！」

闇の中から三右衛門が現れた。

水谷も居酒屋から出てくる。腹の底から気の毒そうな顔をして、大越を見た。

「やはり、八巻殿からは逃れられなかったか……」

三右衛門が答える。

「水谷先生には悪いと思ったが、追けさせてもらいやしたぜ！　お陰で世直し衆の一人をとっ捕まえることができそうですぜ！」

水谷弥五郎は大越に哀れな目を向ける。

「其処許が心を入れ替えて市井に交じって暮らすと言ってくれたなら、同じ苦しみを知る者同士、其処許を助け、逃がしてやろうかとも思った。だが、こうなってはもう遅い。其処許を捕縛するしかない」

大越がキッと目を怒らせて水谷を睨む。

「貴様は何者だッ、ただの貧乏浪人ではないなッ？」

「すまぬな。わしは南町の同心、八巻殿の手先なのだ」

「み、南町の八巻だとッ」

「お主が本当にわしの仇敵であったなら、潔く討たれてやるつもりであった。今日はそのつもりで出てきたのだがなぁ……」

三右衛門が続けて叫ぶ。

「やい悪党ッ、手前ぇは仇討ちのつもりでノコノコ出てきたのかもしれねぇが、こっちは手前ぇを誘(おび)き出し、お縄に掛ける算段だったのよ！　どうでい畏れ入ったか！　これが江戸一番の切れ者同心、八巻の旦那の捕り物でぃ！」

同心姿の卯之吉がフラリと現れる。

「そんな言い方はよしておくれな。恥ずかしいじゃないか」

切れ者同心だと思われたら困る、と言わんばかりだ。

「水谷先生。あなたまで騙しちまって本当にすいませんねぇ。由利之丞さんに頼まれて、嫌とは言えなくなっちゃったんです」

「弥五さんッ」

由利之丞も現れた。水谷弥五郎は目をきつくつぶって俯(うつむ)いた。

「すまなかった、由利之丞」

大越が激昂した。

「おのれッ、おめおめと討たれてなるものかッ」

刀を振り回して暴れ出す。荒海一家も応戦するが、大越は凄腕の剣客だ。包囲しているはずなのに、子分たちが逆に追い回される始末であった。

三右衛門が焦れた。

「目潰しを投げつけろッ」

唐辛子の粉を紙に包んで丸めた物だ。子分たちが投げつける。大越はかわそうとしたが一個が当たって粉が弾けた。

「むむっ、ひ、卑怯な！」

大越は目をつらそうに瞬かせる。

「今でイ！　打ち据えろッ」

子分衆が「おう！」と答えて六尺棒で滅多やたらに殴り始めた。刀を打ち落とし、その腕を何度も何度も打つ。骨の折れる音がして腕がダラリと垂れ下がった。

足も棒で払われ、大越は転倒する。その上から何度も棒が打ちつけられた。大越も半死半生だ。目尻や唇が裂けて顔中から血を流した。

「ようし、お縄だッ」

三右衛門が捕り縄を手にして馬乗りになり、縄でぐるぐる巻きにしていく。

「召し捕ったぜ！」

三右衛門が吠えると子分たちが一斉に拳を突き上げて「おう！」と応えた。

三右衛門が大越を立たせる。番屋に連行しようとしたのだ。その時であった。

大越は口から大量の血を吐いた。三右衛門は「あっ」と察した。

「この野郎め、舌を嚙み切りやがったッ」

口を無理やりこじ開ける。ますます大量の血が溢れ出た。出血多量で死ぬつもりなのだ。

卯之吉がやってくる。

「急いで縫い合わせれば命が助かるかも知れない。銀八、針と糸を出しておくれな」

大越は顔を振りたくって治療を拒否した。その顔がどんどん蒼白になっていく。

＊

「さぁさぁお立ち会い！　八巻の旦那の大捕り物だよッ。世直し衆の一人が八巻の旦那の手で討ち取られたァ。事の顚末はここに書いてある、さぁ買った！」

橋詰に立った瓦版売りが大声を張り上げている。ところが買い求める者は少ない。町人たちは遠巻きに見ているばかりだ。

「八巻の旦那が世直し様を……」

「旦那はあっしら弱い者の味方じゃなかったのかい」

「しょせんは役人かァ。見損なったぜ」

口々に悪態をついている。瓦版はいっこうに売れる気配もなかった。

三国屋では若旦那姿の卯之吉が算盤を弾いていた。横では菊野が悔しげな表情を浮かべていた。

「せっかく世直し衆を捕まえたってのに、仲間の隠れ家も言わずに死なれちまったんじゃあ、盗られたお金の取り戻しようもないねぇ」

卯之吉は涼しい顔だ。

「盗られた金のほとんどは貧しい人に撒かれたのでしょう？　それならあたしが撒いているのと、たいした違いはないですよ」

「まぁ、卯之さんったら」

菊野は思わず笑ってしまう。卯之吉の物言い、非常識なのか懐が広すぎるのか判断に困る。

そこへ銀八がやって来た。

「南町奉行所に顔を出してきたでげす。あっちは大騒ぎになってたでげすよ」

「それで？　あのお侍の身許はわかったのかい」

「へい。水谷様に向かって堂々と名乗りを上げたんでげすから。出羽国（でわのくに）のお大名、加藤日向守様の御家中だってんで、内与力の沢田様が加藤様のお屋敷に乗り込んで行ったんでげすが……」

「どうしたえ」

「加藤様のほうでは、そんな者は知らない、我が家中の武士ではない、の一点張りでげす」

「まぁ、そうなるだろうねぇ」

「南町奉行所も、あのお侍が世直し衆だっていう確かな証拠を握ってるわけじゃねぇでげすから、強くは言えねぇでげす」

「それじゃあ、この一件はお蔵入りだねぇ。……さぁて、これでよし」

卯之吉は銀八の話を聞きながらも算盤を弾き続けていた。書き上げた帳簿をパタリと閉じた。

「それじゃあ銀八、遊びに行こうじゃないか」

すでに気分は一新させている。ウキウキしながら立ち上がった。

＊

橋のたもとで瓦版売りが大声を張り上げている。

「南町の八巻の旦那の捕り物だよ！　世直し衆の一人を、見事に討ち取ったァ」

橋の下を掘割の水が流れている。その川面には水谷弥五郎と由利之丞の姿が映っていた。

水谷は神妙な顔つきで由利之丞に頭を下げた。

「本当にすまん！　心配をかけたッ。面目無いッ」

由利之丞は悲しそうな顔つきだ。そっぽを向きつつ横目で水谷をジッと見つめている。無言であった。

水谷は無言に耐えかねて喋り続ける。

「潔く討たれて死のう、などと言うたのは気の迷いだ！　そなたを置いて一人で死ぬわけがないッ。死んでも死に切れぬ。成仏できんぞ！」

由利之丞はちょっとだけ笑った。

「お侍さんなんだよねぇ、弥五さんも、あの凶賊も、結局さ」

由利之丞は掘割の流れに目を向けた。

「向こう岸も江戸の町だ。大勢の人々が歩いているのさ」

「なんの話だ」

「オイラはね、弥五さんが掘割のあっち側に行っちまうんじゃないのか、と思って心配になったのさ」

由利之丞はため息をついた。

「こっち側にいるのはまっとうに暮らしている人間。あっち側にいるのは悪党。だけど、そんなに違いはないだろう？」

水谷は向こう岸を見た。別段、悪人街が広がっているわけでもない。由利之丞が言いたいのは、善人と悪人の差なんてものは、ほんの僅かだ、ということらしい。

「オイラや弥五さんみたいな生き方をしている人間は、ちょっとしたことで悪事の橋を渡っちまう。あっち側に行っちまうのさ。大越ってお侍は渡っちまった。だけど弥五さんは踏み止まってくれた」

「お前がいてくれたからであろうな」

由利之丞は水谷の腕に抱きついた。

「大越も、弥五さんも、お侍だから、胸の内に何かを抱え込んで生きてるのさ。オイラたちにはわからないけどね、でもね。お侍には大事な何かなんだろうな、ってことはわかるよ」

由利之丞は、安居酒屋の縄暖簾を指差した。

「さぁ憂さ晴らしさ。飲んでいこうよ」

水谷は無言で微笑む。二人で仲むつまじく安居酒屋へと入っていった。

＊

尾張家の抱え屋敷の一室に濱島与右衛門がいる。世直し衆の一人〝軽業師くずれの燕二郎〟が一枚の瓦版を差し出した。

濱島は受け取って読む。

「……大越貞助殿が討ち取られたのか」

俄かには受け入れがたい、という顔つきだ。読み進めるに連れてその顔つきが悲壮なものへと変わっていく。

「我らは、大事な同志を一人、失った！」

燕二郎が頷く。

「南町の八巻に斬られたらしいですぜ」

舌を噛んで自害したのだが、瓦版では面白おかしく話を脚色、あるいは捏造している。大立ち回りの末に、八巻卯之吉の手で一刀両断にされた、などと書かれてあった。

「……無惨な！　大越殿は武士。にもかかわらず、一言の申し開きも許さずに斬り捨てられたのか」

「南町の八巻、老中の甘利の手先ですぜ。老中屋敷に足しげく出入りしてるらしいや」

「権力の走狗か。許せぬ手合いだ。否、けっして許してはおけぬ！」

燕二郎は鼻の下を指で擦って「へへっ」と笑った。

「そうこなくっちゃな。大越様の仇討ちだ。面白くなってきやがったぜ！」

燕二郎は軽い調子で部屋を出て行く。濱島与右衛門だけが残された。
濱島は瓦版を握り締め、いつまでも無言で座り込んでいた。

第三章　竹馬(ちくば)の約束

一

「嫌な雨だな」

梅本源之丞は屋敷の廊下を歩いている。雨の降りしきる庭に目を向けた。

ここは梅本家の江戸屋敷。源之丞が暮らす〝家〟だ。

「気が滅入るぜ。気晴らしに遊び回りてぇもんだが……」

しかし金はない。源之丞は廊下の角を回って北ノ館(たち)に向かう。日当たりが悪いその建物は晴れた日であってもジメジメしている。雨続きであれば尚更ひどい湿気に満ちていた。

物置にしか見えない部屋の戸を開ける。薄暗い室内に文机(ふづくえ)を置いて四十代後半の男が座っていた。筆をとって帳面に書きものをしている。

「源之丞か。金ならばないぞ」

男は目を帳面に向けたままそう言った。

「わかっておりますよ、叔父上」

源之丞の父親は梅本家の当主で大名だ。この男は父の弟である。大名家の一族であるにもかかわらず、暗くて湿った部屋で暮らしている。

「たまにはお前も御家の仕事を手伝わぬか」

源之丞は叔父の隣に座って帳面を覗き込んだ。

「年貢の台帳ですか。こんな仕事は勘定方に任せておけばよろしいのでは？」

大名家にはそれぞれ職務を担当する役人がいる。なぜ当主の弟が勘定方の仕事をしているのか。

叔父は素っ気なく答えた。

「江戸屋敷に詰める家臣の数を減らした」

「なにゆえ」

「財政が逼迫しておるからに決まっておろうが。大勢の家臣を江戸に住まわせるには金がかかる。ただ今の御家の懐事情では、江戸詰めの者の人数を保つことはできぬ。減らすしかないのだ」

涙ぐましい努力と工夫で、どうにか藩政をやり繰りしている。

「三年続きの長雨で年貢は減り、財政が逼迫しておるというのに、お前は毎晩の遊蕩三昧じゃ。申し訳ないとは思わぬのか」

お小言が始まった。

「藩庫の金には手をつけておりませぬよ」

金の支払いは卯之吉任せだ。

(それはそれで、情けねぇ話だぜ)

源之丞は自嘲した。

「叔父上は、それがしに、何をどうせよとの仰せなので？　金を稼いで来いとの仰せにございましょうか？」

「お前に何ができよう」

「手習いの師匠ぐらいならできましょう」

いわゆる寺子屋の先生として江戸の子供たちに読み書きを教えて、月謝を取るぐらいなら、できなくもない。

ところが叔父は激怒した。

「馬鹿を申せ！　梅本家の体面に泥を塗るつもりか」

　叔父は机を横に移動させると、源之丞の正面を向いて座り直した。本格的なお説教が始まるらしい。

「そもそもお前は、自分が何のために御家に留め置かれておると思うておるのだ。御家の跡継ぎ——すなわちお前の兄に、万が一があった時に備えてだぞ。それが部屋住だ」

　部屋住は跡継ぎの予備である。兄が事故や病気で若死にした際には跡継ぎに昇格する。しかし兄が無事に成長して家を継げば用済みとなる。

「もしもお前が当主となった時にだな、『梅本家の当主はその昔、寺子屋の先生をしておった』などと陰口を叩かれてみよ！　御家の面目は丸つぶれ、家中の者たちも恥ずかしくて世間に顔向けできなくなるではないかッ」

　大名家が若君に余技（アルバイト）をさせていた、などと知れたら、それは確かに恥ずかしいことである。

　源之丞は次第にウンザリとしてきた。

「遊興も許されず、真面目に働くことも許されず、それがしにどうしろと仰せなのですか」

「毎朝起きて、飯を食って、糞をして、夜になったら寝床に入る。それだけでよい」

「飯を食うだけの人生とは……」

「その米を作っておるのは領民だぞ！　長雨にもめげず、大変な思いをして米を作り、年貢を納めておるのだ。お前の仕事は、領民からの年貢米をありがたく頂戴することだ！　それが大名の家に生まれた者の務めである」

そうやって、ただ歳をとって、老いていくのか。この叔父のように。

この叔父もかつては跡継ぎの予備であった。幸か不幸か当主になる出番は回ってこぬままに老人となった（江戸時代では四十歳より老人と呼ばれる）。

それでもこの叔父は、梅本家を大名として存続させるための大事な仕事を果たした、と自負しているのだ。

叔父がジロリと目を向けてくる。

「お前はおのれの人生に不服があるようだな」

「不満がないとは申せませぬ」

「どうあっても世に出たい、一人立ちがしたいと申すのであれば、大名家への養子の口を探すことだ。婿入りでも良い」

日本中には三百を超える大名家がある。その中には跡継ぎのない家もある。そこへ養子として入り込む。姫様の婿となる。

源之丞のような身上の者が世間の表舞台に立つ方法はそれしかない。

「養子や婿入りの話があるのであれば、四の五のとは言わぬ。喜んで送り出してやるぞ」

「そのような話が、今時、どこにございましょうか」

実際、雲を摑むような話だ。

＊

仁木家二万五千石の大名屋敷の庭には白い玉砂利が敷きつめられてあった。よく手入れのされた庭だ。赤松の古木が斜めに幹を伸ばしていた。

源之丞は襷を取って袖を絞った。草履を静かに脱ぐ。足袋裸足となって玉砂利を踏みしめた。

同じ年格好の武士がこちらに歩んできた。すでに襷掛けをして、額には汗止めの鉢巻きをしていた。

武士は源之丞を鋭く見据える。

「今日こそ決着をつけようぞ」

源之丞は頷き返す。

「望むところだ」

二人は腰の刀を抜いた。瞬間、雲の裂け目から日が差してきて、鋼の刀身にギラリと反射した。

「いざッ」

侍が切っ先を向けてくる。青眼の構えだ。

「おうッ」

源之丞は大きく振りかぶる。堂々たる上段の構え、一刀のもとに相手を斬り倒さんとする構えだった。

「えいっ」

「おお！」

闘気と闘気がぶつかり合った。気迫と気迫で圧しあう。

源之丞が踏み出す。玉砂利を踏んだ足袋裏がジリッと音を立てた。それに応じて相手も片足をわずかに引いて構えを直した。

源之丞は少しずつ、少しずつ、相手の気合の揺らぎを窺いながら間合いを詰めていく。あと半歩、距離が縮まれば剣の間合いに届く。だがそれは、相手の剣の届く範囲に自分の身体を晒すことにもなる。

相手の武士の瞼が緊張で痙攣している。剣を握った肩も小刻みに揺れた。

源之丞の眉間には一筋の汗が流れ落ちた。

「ヤアッ！」

気合一声、源之丞は強く踏み出した。同時に剣を振り下ろした。

相手の剣が迎え撃つ。大上段から振り下ろされた源之丞の剣を、青眼からの突きで擦るように合わせた。刃と刃がぶつかって滑る。切っ先が源之丞の首を狙う。源之丞はサッと身を横に躍らせて相手の突きを避けた。

源之丞の斬撃は相手の剣に払われて空振りする。それでもかまわず源之丞は刃を返すと下から斬り上げた。源之丞の剛力がなければ叶わぬ攻撃だ。

相手の武士は真後ろに飛び退く。またしても源之丞の剣は空振りした。

素早く間合いを取り直す二人。上段と青眼に構えあって睨み合う。

「イヤアアアアッッ！」

源之丞が吠えれば、

「キエェ――――ッッ！」

相手も鋭い気勢で応えた。

瞬間、二人が同時に跳んだ。刀と刀が振り下ろされた。

源之丞の刀は相手の肩のはるか上で止まっている。その小手に相手の剣がピタリと当たっていた。

源之丞が大きく息を吐いた。

「俺の負けだ。しばらく手合わせせぬうちにずいぶん強くなったな、平太郎」

平太郎と呼ばれた武士はスッと刀を引いた。

この男は明石家三万石を領する大名の次男坊。源之丞と同じく部屋住の身である。

平太郎は姿勢を正すと源之丞に向かって一礼した。

この二人、幼なじみであるだけではなく、剣道場の同門であった。

徳川将軍家の御家流剣術は柳生新陰流と小野派一刀流だ。新陰流は稽古に竹刀を使うが、一刀流では刃引きの刀を使う。刃を潰して切れないようにしてある。とはいえ金属の棒を振り回すのだから、稽古で大怪我をすることもあるし、死人が出ることもある。

無鉄砲で怖いもの知らずの若者の中には、あえて刃引きでの稽古に挑む者もいた。つまりはこの二人のことだ。

　平太郎は刃引きの刀を鞘に納める。

「俺が強くなったわけじゃなかろうよ。源之丞、お主が弱くなったんだ」

「言ってくれるじゃねぇか」

「俺は日々、剣の鍛錬を続けているからな。お主はどうだ。近ごろ怠けてるんじゃないのか」

「手厳しいな。まるで口うるさい叔父貴のようだぜ」

　源之丞は刀をブンブンと素振りする。

「まぁ、お主の言う通りさ。大名家の部屋住が剣の修行に励んだとて何になろうか、そう思うと稽古に身も入らん」

　源之丞は自分の剣を顔の前にかざして刀身を見つめた。

「天下は太平。武芸で身の立つ世の中ではないのさ」

　そんな源之丞を平太郎が困り顔で見ている。

「それで自棄を起こしての遊興三昧か」

「その通りだ。お主はどうだ」

「昨今は領国の仕置き（経営）の手伝いをしておってな」

平太郎の家も江戸詰めの家臣を減らしているようだ。

「昔のように気ままに剣術修行もできぬし、遊興もできぬよ」

「お主の口からそのような物言いを聞くとは思わなんだ。老け込んだのではないか」

「俺たちはもういい歳だよ、源之丞。いつまでもカブキ者を気取ってもいられまいぞ」

そこへ一人の姫がやってきた。十六、七歳の可憐な姿。薄桃色の豪華な振袖を着ている。振袖は未婚の娘だけが着るものだ。

姫は二人に声を掛けた。

「東屋でお茶を点てました。暫時、ご休息を」

平太郎は向き直ってお辞儀する。

「これはかたじけない。お結殿。すぐに参ります」

結姫も一礼して去った。

平太郎は笑顔になった。

「ますます綺麗になったたな、お結殿は」

しかし、源之丞の顔は憂悶に沈んでいる。

「だが、憂いはいまだに晴れぬようだ」

平太郎も顔つきを変えて頷いた。

「栄悟郎（えいごろう）が流行（はや）り病で死んでから、はや、二年か」

「そうだな」

源之丞は亡き友のことを思った。源之丞と平太郎と、死んだ栄悟郎は歳も近くて仲が良かった。

「ともに学び、剣の修行に励んだ幼き日々が、つい昨日のことのように思い出される」

「あのころは、お結殿も、こんな小さな娘であったなぁ」

平太郎は自分の脇腹のあたりで手のひらを下にした。そのあたりに結姫の頭があった、と言いたいのだ。

源之丞は物思いに沈んでいる。結姫のことで頭がいっぱいであるらしい。

「栄悟郎が死んで、仁木家二万五千石は跡取りを失った。栄悟郎の父上も、家中の武士たちも、さぞ気落ちしておるだろう」

「お結殿が婿取りをするしかあるまいな。さぁ行こう。お結殿をお待たせしてはなるまい」

平太郎はいそいそと早足で向かう。庭園の池に面して東屋が建っていた。

東屋とは屋根と柱だけがあって壁のない建物をいう。野点（のだて）の茶会などに使われた。

結姫と侍女たちが茶の用意をしていた。平太郎と源之丞は席に着く。結姫の手前で茶を頂戴した。

茶を豪快に飲み干すと、平太郎は白い歯を見せて笑った。

「結構なお点前（てまえ）でござるぞ、お結殿」

茶の作法に外れた振る舞いだ。しかし結姫はまんざらでもない笑顔を平太郎に向けた。

「粗茶にございました」

「いやいや。日に日に腕前をあげておられる。行儀もよろしい。いやぁ、昔のお転婆（てんば）ぶりが嘘のようでござるぞ。ほら、あの古木（こぼく）を憶えておいでか」

庭の木を指差す。

「お転婆姫はあの木に登って、下りられなくなったことがございましたな」

平太郎が明るい声で茶化すと、結姫は頰を染めた。

「意地悪な物言いはおやめくださいませ……」

なるほど、と源之丞も思った。人は変われば変わるものだ。とくに女人は顕著である。

源之丞は古木に目を向けた。少年の日の出来事が蘇った。

その日、源之丞はこの庭——仁木家江戸屋敷の庭で遊んでいた。遊び相手は明石平太郎と仁木栄悟郎だ。

大名の子供は孤独である。対等な遊び相手がいない。だからこそ大名家の若君同士で遊ぶことは、なにより楽しい時間であった。

庭を駆け回り、池に飛び込み、鯉を追い回して遊ぶ。

仁木栄悟郎はその当時から病弱だった。線の細い、色白の子供であった。

一方、源之丞と明石平太郎は腕白盛りだ。仁木家で大事にされている庭木によじ登り、まるで小猿のように枝を伝った。

身体も気も弱い栄悟郎は木登り遊びについていくことができない。口惜しげな表情で見上げるばかりだ。

「下りてこい！　父上に叱られる！」

などと分別のありそうな顔で悪友二人をたしなめた。

源之丞は枝からヒラリと飛び下りた。

「そんなことを言って、本当は恐くて登れないのであろう」

からかうと、栄悟郎はほっぺたを膨らませて反論した。

「父の言いつけを守っておるだけだ！　平太郎、下りてこいッ」

いまだ枝の上にいる平太郎を叱る。平太郎はあっかんべーをした。

はめを外して遊んでいたのは、結姫も同じであった。

「兄上、姫が平太郎殿を叱りつけて参りまする！」

そう言うと、なんと木の枝に登っていってしまったのだ。栄悟郎は焦ってやめるように言うが、聞く耳を持たない。

一方、悪童の平太郎は「ここまで来い！」と煽（あお）る。調子に乗って別の木の枝に飛び移ってしまった。古木の枝に結姫が取り残された。

木の枝が揺れる。姫は急に恐怖を感じたようだ。

「兄上、下りられませぬ。お助けくださいッ」

泣きべそをかいて訴えた。木登りは、登るよりも下りるほうが難しい。そして恐い。

栄悟郎は焦っている。だが、自分では妹を救いに行くことができない。木登りが恐い。栄悟郎は源之丞に訴えた。

「頼む、後生だ。妹を助けてやってくれ！」

必死の形相で訴えてきた。源之丞は「お、おう……」と頷いた。

木に登り、結姫に手を貸して、なんとか無事に地面に下ろした。


そのお転婆姫は優美な娘となり、兄の栄悟郎は病で死んだ。

原因を作った平太郎は今、笑顔で結姫に話しかけている。なぜかは知らず、源之丞はため息を漏らした。

二

老中、甘利備前守の行列が江戸城大手門に向かっていく。高貴な身分の人が使う駕籠は特別に〝乗物〟と呼ばれる。総漆塗りで毛氈の屋根覆いがついた豪華な造りだ。

静粛な朝の光景である。大名の登城行列は自由な見物が許されていた。道の両脇には大勢の庶民が立って見守っている。ことに田舎から江戸に出てきた者たちにとっては良い土産話、自慢話となった。

出店の屋台では武鑑が売られている。大名の名と役職などが家紋付きで記されている（本物の武鑑は系図なども載っている大型本なのだが、観光客向けに売られているのは小冊子）。

見物客は武鑑を捲りながら乗物の家紋と照らし合わせて「ご老中様のお駕籠が来たぞ」などと言い合うのだ。

そんな見物客の中から突然に飛びだしてきた男がいた。年齢は五十歳前後で、きちんと裃を着けている。腰には短刀を差していた。苗字と帯刀を許された富農のようだ。

「嘆願の儀がございます！　なにとぞお取り上げくださいませッ」

声を嗄らして叫びながら、甘利の乗物に近づいてきた。

見物人の中の一人が叫んだ。

「直訴だぞッ」

直訴人の富農はひざまずき、膝で這って乗物に近づいていく。甘利家の家臣たちが遮った。

「控えよっ！　無礼討ちにいたすぞッ」

大名行列を遮ることは死刑に相当する。

直訴人も承知のうえだ。決死の形相で訴える。

「我が村の困窮、なにとぞお救いくださいませッ」

乗物の中から甘利備前守の声がした。

「止めよ」

行列と乗物が止まった。直訴人は地べたに額がつくまで平伏した。

甘利は乗物の扉を閉ざしたまま、窓越しに質した。

「直訴は死罪もあり得るが、承知のうえか」

「承知しておりまする！」

「ならば、訴状を預かる」

甘利家の家臣が直訴人から訴状を受け取った。甘利の乗物に窓の隙間から差し入れた。

直訴人が叫んだ。

「なにとぞ我らの窮状を哀れと思し召しになり、我らの嘆願、お聞き届けくださいませッ」

その直後、驚くべき事が起こった。直訴人が腰の短刀を抜くやいなや、自分の喉に刃を押し当てて掻き切ったのだ。

甘利の家臣が愕然として叫ぶ。

「自害しおった！」

見物人たちもどよめいている。

「出立(しゅったつ)！」

甘利家の重臣が声を張り上げた。甘利の行列は何事もなかったかのように、江戸城大手門に向かった。

路上に死体が残された。番屋の者がやってきて困った様子で見下ろしている。

登城の大名行列は次々とやってきた。すでに何が起こったのかは伝わっている。死体には目もくれずに大手門へと進んでいった。

*

直訴人の命を賭(と)した訴えは、当然に、江戸城を揺るがした。

本丸御殿の広間に、将軍と甘利、大目付が集まっている。

大目付は大名家の失態を咎めて罰することを職分としている。

将軍の膝の前には問題の直訴状が広げられてあった。手に取る前に将軍は甘利に質した。

「直訴の者は、自ら命を絶ったのだな」

「御意(ぎょい)」

甘利は多くを語らない。顔を伏せ気味にしているばかりだ。

大目付が代りに答える。五十を過ぎた白髪まじりの男だ。

「畏れ多くも大手門の門前が血で汚れましてございまする」

将軍はチラリと目を向ける。

「それは不問といたす。余は、我が城の門が血で汚れたことよりも、一人の民が自ら命を絶ったことを惜しむのだ」

甘利に目を向ける。

「いずこの領民であったのか」

「徳川家の譜代、本多治部(ほんだじぶ)が領民にございました」

譜代とは、徳川家康が生きていた頃からの家臣をいう。徳川生え抜き、というような意味だ。ちなみに本多姓は譜代にとても多くて、百本多（本多姓の家は百家ある）などと呼ばれていた。

「譜代の者か！　ならば余にも責めはある。譜代大名の行状に目を光らせることこそが将軍の務めじゃ。余の目配りが行き届かなかったゆえに民が苦しんだと言っても良かろう」

将軍は直訴状に手を伸ばそうとした。

すかさず大目付が言上する。

「お待ちくださいませ上様！　上様が訴状をご覧になれば、なんらかの御上意を発せねばならなくなりまする。火中の栗に手を伸ばすが如きものにございまするぞ」

老中の甘利は、大目付に鋭い目を投げつけた。

「大目付殿。すでに騒ぎとなっておるのだ。民が一人、大手門前で自害したのだぞ。大勢の者が目にしておる。我ら公儀が無視することはできまい」

「されど甘利様。直訴そのものが、公儀が定めし法度に反しておりまする。直訴は大罪。罪人の訴えなど無視するが最善の策と心得まする」

甘利は同意しない。

「三年続きの長雨で日本国中の農民たちが苦しんでおる。我ら公儀が民の訴えを無視すれば、民の心は、たちまち公儀から離れようぞ」

将軍は大きく頷いた。

「余の〝鼎の軽重〟が問われておるのじゃな」

鼎の軽重を問う、とは、政治家の能力のあるなしを値踏みされる、という意味の慣用句だ。

将軍は直訴状を手に取って目を落とした。

「ううむ。本多治部の領地における、年貢の苛斂誅求が記されておるな。この訴えが真実であるならば、農民の暮らしはとうてい成り立つまいぞ」

将軍は甘利と大目付に交互に目を向けた。

「この一件、老中と大目付とで調べよ！　訴えがまことであるならば、きつく仕置きをせねばならぬ」

「ははーっ」

甘利と大目付は平伏した。

＊

それから数日の間、江戸はまずまずの平穏無事であった。卯之吉は役宅でのんびりと過ごしている。いつものように昼まで寝ていた。

しかしなにゆえか八丁堀は大騒ぎであった。同心たちが小者を引き連れて表の通りを駆け抜けていく。

「騒々(そうぞう)しいねぇ。目が覚めちまったじゃないか」

卯之吉は、同心としてあるまじき物言いをしつつムックリと起き上がる。大あくびをして背伸びした。

それから遅い朝食を摂る。表道の騒動は収まらない。同心たちがひっきりなしに行ったり来たりしている。卯之吉は箸を止めて首を傾げた。

「なんの騒ぎだろうねぇ」

「もぅし。御免下さいませ」

喜七がやってきた。お店者らしく行儀良く卯之吉の前で正座した。

銀八が喜七に尋ねる。

「今日はおカネさんはお休みでげすか。どこかお身体が悪いとか」

毎日やってきて、お小言をガミガミと言ってくる。次第に慣れてきて、おカネの小言を聞かないと一日が始まった気がしない。

喜七は真顔で答えた。

「そんな呑気な話じゃないよ。若旦那様、貸し倒れにございます」

「貸し倒れって？」

「まだ御存知ないのですか。本多治部様の御家(おいえ)に、ご改易(かいえき)のご処分がくだされたのでございます」

「ご改易？　御家お取り潰しかね」

「そうですよ。四万石の大名家が、今日を限りにこの世から消えてなくなってしまったのでございます」

「急な話だ。そりゃあ大変だねぇ」

「本当に大変ですよ。本多治部様には三国屋も金をお貸ししていたんです。返してもらえるあてがなくなりました。大損にございますよ！」

＊

卯之吉は本多治部の江戸屋敷に向かった。

緊張感のかけらもない顔つきでのんびりと歩む。今にも「甘味処に寄っていこう」などと言い出して脇道に逸(そ)れてしまいそうだ。お付きの銀八としてみれば、卯之吉をまっすぐ歩かせるだけで骨が折れた。

屋敷の門前は大勢の人でごった返していた。そんな中によく見知った顔もあった。

「おや。親分もお出役(しゅつやく)かい」

声を掛けると荒海ノ三右衛門が頭を下げた。

「あっしの口入れ屋でも、中間や下女をお屋敷に奉公させておりやした。まだ給賃を払ってもらっていねぇ者（モン）も多いんで。あっしが口を利いた奉公先だ。あっしが取り立てにゃあなりやせん」

「大変なものだねぇ」

「口入れ屋も信用が第一ですぜ。相手も潰れ大名、難儀なことだとは思いやすが、だからって舐められるわけにゃあいかねぇ」

　そう言っている間にも、人はますます増えてくる。

「みんな本多治部様にお金を貸したのかねぇ」

「そうらしいですぜ。近頃のお大名家は素寒貧（すかんぴん）だ。たくさんの金貸しから金を借りておりやす」

　三国屋もそのひとつなのだが、荒海ノ三右衛門は卯之吉が三国屋の若旦那だということを知らない。

　ふと、三右衛門が何かに気づいた。

「おっと、イナゴ屋のご到来でぃ」

「イナゴ屋？」

「本当は玉倉屋（たまくらや）ってぇ屋号なんですがね。あくどい金貸しですぜ」

本多屋敷の門が開いた。武士たちが出てくる。勘定方であるようだ。当然ながら、顔色が悪い。おしかけた商人たちに対応し始める。

卯之吉は憐れみの目を向ける。

「あのお侍様たちも今日からご浪人の身なんだねぇ」

「どこの大名家も貧乏で手詰まりだ。新規召し抱えなんてぇ話はねぇでしょう」

「だろうねぇ」

「旦那も難儀なことになりやすぜ」

「あたしが？　どうして」

「行き場を失くした野郎は、往々にして悪事に手を染めるもんですぜ。侍だからってご立派な人間ばかりとは限らねぇ。あの水谷弥五郎を思い出してごらんなせぇよ」

「酷い物言いだねぇ」

「腰に刀を差した連中が飢えて大勢で彷徨い歩くんだ。どう考えたって、ろくなことにはならねぇでしょう」

三

薄暗い家の一室に黒装束の男たちが集まっている。
家のすぐ横には掘割(水路)があって、水面で反射した月光が障子に映ってい
た。小舟の漕ぎ寄せる音が近づいてくる。舟の舳先が桟橋に着けられた気配があ
った。
ややあって、男が座敷に入ってきた。尾張家附家老の坂井正重だ。鋭い目で黒
装束の者たちを見回してから、上座の席にドッカと座った。
「集まっておるな。世直し衆よ」
黒装束の男たちが平伏する。坂井は低い声音で告げた。
「許しがたき悪党がおる。この世のためにならぬ者だ。お前たちの手でこらしめ
てもらいたい」
黒装束の集団の中心に座った男――濱島与右衛門が問い返した。
「何者です」
「悪鬼のごとき高利貸しだ。強欲無比。冷酷非道。イナゴ屋との悪名を奉られて
おる」

「なるほど、許しがたき者のようですな」

濱島与右衛門の目が怒りで揺れた。坂井は続ける。

「イナゴに襲われた地は、草木の一本も残さず食い尽くされる。イナゴが去った後には荒れ果てた地しか残らぬ。イナゴ屋はまさにイナゴの如き者なのだ。大名家に金を貸し、利息を名目として富を根こそぎ搾り取り、その国の産物を奪い取る。大名家の武士も、領民も、塗炭の苦しみを強いられる」

「許せませぬな」

「本多治部殿もイナゴ屋より金を借りた。イナゴ屋は借金の取り立てを名目にして領民たちを大いに苦しめた。たまり兼ねた領民は老中への直訴に及び、かくして本多治部家はお取り潰しとあいなったのだ」

坂井は世直し衆の一人一人の顔を凝視する。

「かような悪徳商人の跳梁跋扈を、お上は黙過しておわす。まったく頼りにならぬ上様だ。この世に天道は尽きたのか！」

濱島はズイッと膝を進めて身を乗り出した。

「天道は尽きておりませぬ！」

「左様。世直し衆の出番だ。天に代わりて悪を断つ！　民を苦しみより救えるのは、お主たちしかおらぬのだ！」

黒装束の男たちは一斉に頷いた。

世直し衆が夜道を駆ける。黒い装束は闇に溶け込み、足音をまったく立てなかった。

一軒の商家の前に立った。金貸しのイナゴ屋だ。さすがに頑丈な表戸が下りている。

しかし世直し衆は苦にしない。一人の小男が軽々と身を翻して塀を飛び越える。店内に侵入すると内側から戸を開けた。

世直し衆が無言で押し込んでいく。店の中で寝ていた者たちを次々と縛り上げた。口には猿ぐつわを押し込んで声をあげられぬようにする。

濱島は廊下を走り、奥の座敷に踏み込んだ。イナゴ屋の主が跳ね起きた。

「な、なんなんだ、お前さんたちは！」

濱島は覆面越しに答えた。

「人呼んで世直し衆。天に代わりて悪を懲らしめに来た者だ」

白刃（はくじん）を抜いて突きつける。たちまちにしてイナゴ屋が震え上がった。

「ひいっ、お助けを……！」

「金蔵（かねぐら）の鍵を開けよ。さすれば命だけは助けてやろう」

イナゴ屋はガクガクと頷いた。刀を突きつけられながら裏庭に向かう。黒装束の者たちが集まってきて厳重に取り囲まれる中、震える手で鍵を挿して蔵の扉を開けた。

濱島が蔵の中に提灯を差し込む。蔵の中の棚には千両箱が置かれていた。蓋が開いた箱がある。中の小判が燦然（さんぜん）と輝いていた。

濱島は大きく頷いた。

「この金があれば、大勢の窮民を救うことができようぞ」

イナゴ屋に向き直る。冷たい目を向けた。

イナゴ屋は悲鳴をあげる。

「命は助けると約束したはず……！」

「無論、命は取らぬ」

濱島は刀の柄の先端でイナゴ屋の鳩尾（みぞおち）を強打した。

「ぐえっ」

イナゴ屋はたちまちに気を失う。無様（ぶざま）に倒れた。その間にも世直し衆は黙々と金箱を運び出していく。

＊

南町奉行所の同心の尾上と新米同心の粽が提灯を片手にやってきた。村田鋘三郎に言いつけられた夜回りだ。

粽は疲れ切って眠い目を擦っていた。

「なんだか薄気味悪い夜ですね。そろそろ引き上げましょうよ」

「馬鹿言え。ここで引き上げたら村田さんにどやしつけられるぞ」

などと言っているうちに夜道の先から男が駆けてきた。粽は「ひいっ」と震え上がった。尾上が苦笑する。

「落ち着けよ。あれは番太じゃないか」

番太とは自身番（いわゆる番屋）に詰めている男のことだ。

「お、お役人様、ちょうど良いところに……！」

番太は慌てふためいている。尾上が聞き返した。

「どうしたィ」

「イナゴ屋の店から怪しい物音が聞こえてきたって、隣家の者からの報せがありまして、これから見に行くところなのです」

粽と尾上は顔を見合わせた。そうとなれば帰るわけにもいかない。番太に案内させてイナゴ屋に駆けつけた。

尾上はすぐに異変に気づいた。

「表戸が開いてるぞ」

粽が「よしっ」と気合を入れて店に踏み込む。提灯を手にした番太が後に続いた。

「ひえっ」

「どうしたッ」

粽の声に驚いて尾上も店に入る。そして仰天の光景を目にした。

店の者たちがみんな縛りつけられている。猿ぐつわ越しに呻(うめ)いていた。番太は急いで外に出ると、呼子笛(よびこぶえ)を取り出して吹き鳴らした。

尾上は番太に、皆の縄を解(と)いてやるように命じた。自分は庭に下りる。イナゴ屋の主人を抱き起こした。

「おいっ、しっかりしろ！」

「同心様！　あたしの金が、根こそぎ奪われてしまいました……」

尾上は金蔵を覗き込んだ。扉は開かれたままだ。

「金蔵は空だ！」

「見てください尾上さん！　足跡があります」

庭にたくさんの足跡があった。粽が地面に目を向けながら足跡を追っていく。

「裏門を開けて逃げて行ったようですよ！」

「よし、追うぞ！」

同心二人は足跡を追って走り出す。

異常は近隣の番屋に伝えられたようだ。あちこちで呼子笛が吹かれている。

尾上と粽が走っていくと、夜道の向こうから笹月文吾がやってきた。北町奉行所の筆頭同心だ。

「おうっ、南町の同心か！　俺は曲者を見たッ。小舟の二艘に分乗して掘割を下っていったぞ！　掘割沿いの番屋の者に報せてまわるんだッ。掘割を封鎖すれば必ず捕らえることができる！」

非常事態では北町も南町もない。尾上と粽は「ハッ」と応えて指図に従った。

＊

尾上と粽が右往左往していたちょうど同時刻——。

奪われた千両箱が武家屋敷に運び込まれた。運んできたのは世直し衆の中の一人だ。

千両箱は庭に置かれる。

障子が開いて坂井正重が濡れ縁に出てきた。世直し衆の男は庭で片膝をつく。

坂井は満足そうに頷いた。

「ご苦労だった。ここは尾張家の抱え屋敷。町方の役人たちは踏み込むことができぬ」

坂井は沓脱ぎ石に揃えてあった雪駄を履き、庭に下りると千両箱を開けて小判を手に取った。その重みと輝きを楽しんでほくそ笑んでいたが、ムンズと摑み取った小判を世直し衆に向けて差し出した。

「其処許の報酬だ。受け取るが良い」

黒覆面の世直し衆が答える。

「その金は、坂井様の手より、柳営（幕府）のご重役方にお届け願いとうございます」

「ふむ。この世はとかく金、金、金。金が物言う世の中だ」

「拙者は、大名家に婿入りがしとうございます」

世直し衆は覆面を解いて素顔を晒した。

その顔を、もしも源之丞が目にしたならば驚愕したに違いない。彼は明石家三万石の部屋住、明石平太郎であったのだ。

坂井は平太郎に冷やかな微笑を向けている。

「仁木家に婿入りを望んでいるのであったな。跡継ぎだった栄悟郎は二年前に病死。一人娘の結姫がおる」

「いかにも」

「幕閣や大奥の有力者に金子を送ってご機嫌を取り結べば、小大名に婿入りすることなど、わけもない」

「仁木家を継ぐことが叶いましたならば、坂井様のご恩は生涯忘れませぬ。坂井様のために尽力いたす所存。なにとぞ、よしなにお引き回しください」

「その心掛け、ゆめゆめ忘れてはならぬぞ」

坂井は小判を箱に戻して蓋を閉じた。

＊

翌朝――。南町奉行所では早朝から尾上が村田に怒鳴りつけられていた。

「凶賊の行方はまだ摑めねぇのかッ」

鬼の筆頭同心に難詰されて尾上は首を竦める。

「それが、霞の如くに消え去ってしまい……」

「言い訳は無用だッ」

北町奉行所の笹月が入ってきた。

「邪魔をするぜ」

村田と尾上を交互に見る。

「あんまり叱るもんじゃねェ。昨夜は月もない暗夜だった。おまけに夜霧まで出ていやがった。江戸の掘割は迷路みてェに入り組んでいやがる。見失っても仕方がねェやな。……って、昨夜はオイラも捕り物に加わっていたんだからな。言い訳にしか聞こえねェや。情けねェ話だぜ」

村田と笹月はその場に座る。尾上は立たされたままだ。

村田は尋ねた。

「北町はどうだ。なにか手がかりを摑んでいるのか」

村田に問われて笹月は難しそうな顔となった。

「お奉行からな、この件の調べはそこそこにしておけ、ってな。釘を刺された」

「なんだと。どういう理由(わけ)だ」

「理由はこいつさ」

笹月は手にしていた紙の束を差し出した。端の焼けた証文だった。

「借金の証文だよ。イナゴ屋から銭を借りていた侍は多い。もしかしたらウチのお奉行も借りていたのかもしれねぇし、もっと上のところ……ご老中の誰かが借財していたのかもわからねぇ」

村田は焼けた証文を捲(めく)って確かめる。

「俺たちが隈(くま)なく調べたら、お偉いさんたちの惨めな借金が明らかになっちまう、ってことか」

「そういうことだな」

「だから、調べを打ち切って不問にしろってぇ御下命(ごかめい)かい」

「まぁ、お奉行もそこまでは言っちゃあいねぇがね。そういうふうに受け止めて、取り締まりに手心を加えとけって話さ」

「イナゴ屋が悪徳商人だってぇことは誰でも知ってるが、だからといって盗まれ損が許されるのも、おかしいぜ」

「阿漕(あこぎ)な生き方をしていた罰だ。お前も気をつけろよ村田。若い者たちを怒鳴りつけてばかりいると、お前がやられた時に罪人を捕らえてもらえねぇぞ」

「抜かしやがれ。……おいッ、なに笑ってンだ！」

尾上が「ふふっ」と鼻を鳴らしたのが聞こえたのだ。尾上は慌てて手を振った。

「わ、笑ってなどおりません」

「鼻で笑っただろうが」

「いいえ、ちょっと鼻が詰まっただけで……」

笹月は証文を火鉢にくべた。たちまちにして燃え上がる。

「まぁ、とにかくだ。家財を失くしたイナゴ屋は店じまい。お大名の借金も消えた。めでたしめでたしだ。おい村田。鼻が利くのも結構だが、掘り返すのは考えものだぜ」

そう言い残すと笹月は同心部屋から出て行った。

＊

たとえ盗み取った金であろうとも、大金が動けば物事も大きく動き出す。

濱島与右衛門の私塾では濱島が門人を集めて大いに気炎を上げていた。

「これより洲崎十万坪の干拓を行う。大勢の力が必要だ。働き手を集めよ！」

門人たちは動揺している。

「されど……、人を雇うには銭が要りまするが」

「金ならばここにある」

濱島は千両箱に被せてあった布を取り払った。箱の中には小判がつまっている。門人たちは、どよめいた。

「こ、この大金は、いったい……？」

「篤志家よりの合力金（寄付）だ」

一転して門人たちの顔に喜色がのぼりはじめた。

「さすがは先生！　先生の掲げる理念に共鳴し、心を寄せてくださる御方がいるのですね！」

「我が宿願は必ずや成就される。将軍家に代わりて天下万民を救うのだ！」

門人たちも沸き立った。

「先生！」

「我らは先生の御為に働きまする！」

濱島は満腔を膨らませて息を吸い込むと、大きく頷き返した。

＊

江戸城の大奥には厳然たる権力がある。大奥を仕切るお年寄たちは俗にお局様と呼ばれているが、幕府内での格式は大老や老中と同格だ。老中と同様の影響力を将軍に対して行使することができたのだ。

大奥は男子禁制であるが、御広敷という座敷にだけは、男であっても入ることができる。大奥の応接間といえるであろう。大奥のお年寄に陳情のある者が面談を求めてやってくるのだ。

今日は坂井正重と明石平太郎が控えていた。大奥年寄の主座（俗に言う大奥総取締）、秋月ノ局が長い着物の裾を引きずりながら入室してくる。

坂井は折り目正しく、平太郎は緊張して動揺しながら平伏した。

秋月は冷ややかな目で二人の男を見た。

「坂井殿か。本日は尾張家に関わる陳情か」

さすがに大老格だけあって口調も態度も物々しい。

坂井も落ち着きはらっている。

「本日は、尾張家に関わるお話ではございませぬ」

平太郎を紹介する。

「これなるは明石平太郎と申しまして、西国の小大名の次男にございまする」

「明石平太郎にございまする！　なにとぞお見知り置きを願い奉りまする！」

「ふむ。それで？」

坂井が答える。

「仁木家二万五千石には跡継ぎたる男子がなく、結姫という姫君がおわします る。その姫君に、これなる平太郎殿を縁づかせてはいかがかと」

「ふむ。家付きの姫に婿入りして、大名家の跡取りにせん、とのお考えか」

「ご賢察の通りにございます」

「上様に対して妾の口利きをお望みか。縁組を、妾から上様のお耳に届けて欲しいと？」

「これはほんのお口利き料……」

坂井はすかさず漆塗りの手箱をズイッと差し出した。蓋を開けて中につめた小判を見せた。

秋月は横目でチラリと値踏みしてから頷いた。

「悪い縁組ではなさそうじゃな。口添えするも苦しからずじゃ」

「なにとぞ、よろしきようにお口添えを願い奉りまする」

男の二人はすかさず平伏した。


坂井と平太郎は御広敷より下がる。江戸城内の畳廊下を進んだ。

平太郎は喜色満面だ。

「首尾(しゅび)よく運びましたな！」

しかし坂井の面相は冷やかだ。

「なんの、まだまだ。大奥年寄は欲が深い。賂(まいない)は何度でも届け続けねばならぬ」

「もっと金が要りようなのでございますか」

「仁木家に婿入りを望む者は、そこもとだけにあらず。油断はならぬ」

「い、いかにも」

大名家の部屋住は、大名家の数だけ存在していると言って良い。当然に、誰もが入り婿の先を希望しているはずだ。

坂井は立ち去り、平太郎は廊下に一人で取り残された。

「今の世の中は、金、金、金か……。たとえ大公儀であろうとも」

もっと金が必要だ。平太郎の面相に暗い陰が宿っていく。

＊

今日も源之丞は叔父の部屋にいる。叔父の手伝いをさせられていた。

「明石平太郎殿を憶えておろう」

帳面づけの手を止めて叔父が言った。

「無論です。竹馬の友です」

「かの者が、仁木家を継ぐらしいぞ」

江戸の大名は閉鎖的な社会空間で暮らしている。大名は三百家あるというが、逆に言えば、たった三百軒しかないムラ社会だ。情報は素早く流れる。

「明石平太郎殿は、お前と同じで悪タレ小僧だったが、どこで差がついたものかのぅ」

源之丞の脳裏にも、悪ガキだった頃の平太郎の面影が蘇った。それと同時に幼い結姫の面影も。

（そうか。あの二人が結ばれるのか）

叔父の小言は続いている。

「今の世は、何から何まで金がものを言う。養子縁組には上様のお許しがいるが、話を上様のお耳に届けるまでが大変じゃ。幕閣の要路や大奥のお局様方に金子を撒かねばならぬ」

平太郎の家も貧乏な小大名である。お局様の機嫌を取り結ぶほどの大金をどうやって工面したのか、さっぱりわからない。

「ところでそなたは、三国屋の倅と仲が良いらしいな」

「遊び仲間です」

「その伝をなぜ使わぬ」

「なにを仰せで？」

「三国屋から金を借りてこい、と言うておる」

「そのようなつもりで仲良くしておるのではございませぬ。そもそも、それがし、何処かの家に婿入りしたい、などとは毛頭考えておらず――」

「お前の婿入り話はしておらぬ。梅本家の財政は火の車なのじゃ！」

「左様であれば、なおさら三国屋を頼るのはよろしくございませぬ。三国屋は利息も高く、取り立てが厳しいことで知られております」

「その利息と取り立てをまけてくれるように、お前の口から三国屋の倅に頼んでこいと申しておるのだッ」

叔父はブツブツと言いながら年貢の台帳の仕事に戻った。

*

江戸の町中を一人の娘がいそいそと歩いている。結姫だ。浮き立つ思いを堪(こら)えきれない、という顔つきであった。

「姫様、なりませぬ。お駕籠にお戻りくださいませ」

お付きの老女が窘(たしな)めながらついてきた。しかし姫は聞く耳を持たない。

「婚儀が済んだら、こうして出歩くこともできなくなるのですよ。これが最後の我(わ)が儘(まま)。妾の好きにさせておくれ」

婚儀が嫌だから我が儘を言っているのではない。幸せでいっぱいの顔つきだ。居ても立ってもいられぬほどに幸せだから、はしゃぎ回ってしまうのである。

「本日は仁木家の菩提寺(ぼだいじ)へのお墓参り。ご先祖様へのご挨拶にございますよ。

謹みなされませ」

「ご先祖様も、今日ばかりは許してくれましょう」

天気が悪いのは相変わらずだが、そんなことは、今の結姫にとってはどうでもよい。菩提寺の参道を目指して進む。

江戸の大寺院は門前町（商店街）を経営して寺の維持費に充てている。物売りの屋台や見せ物小屋も建ち並ぶ。仁木家の菩提寺も例外ではない。縁日でもないのに人が市を成していた。

そんな中、際立って賑やかな音曲が聞こえてきた。

「おや、あれはなに？」

広場に人が集まっている。芸者たちが大勢で三味線や鉦を鳴らしていた。

人の輪の真ん中で一人の男が優美に踊っている。

野次馬の一人が姫の問いに答えた。

「あれが三国屋の若旦那さんでさぁ。江戸一番の大通人だ。まったく粋なお姿じゃねぇか」

なるほど、天人（天使）もかくやと思わせるほどの美貌である。

姫は遊里で遊んだことがない。初めて知った歌舞音曲だった。三味線の音色も艶やかだ。結姫はウットリとなった。

若旦那がほっそりとした手を伸ばして皆を招く。

「さぁ皆様も、楽しく踊りましょう」

なんと蠱惑的なことか。結姫はフラフラと前に出た。

「なりませぬ、姫様！」

老女が止めるが、もはや聞く耳を持たない。結姫は若旦那に歩み寄った。

「妾も踊って良いか」

若旦那はほんのりと微笑した。

「もちろんでございますとも。さぁ、お手をどうぞ」

若旦那と姫は輪の真ん中で踊る。菩提寺に参ってこんな楽しい思いをしようとは。ご先祖様が祝福してくれているのに違いない。

結姫はこの時まさに、幸せの絶頂にあった。

＊

江戸城内の老中御用部屋。甘利備前守の前で明石平太郎が平伏していた。

老中直々に呼び出されたのだ。

「明石平太郎と申すはそのほうか」

老中は、公務においては将軍の代行者である。誰に対しても『そのほう』と呼びかける。

平太郎は平伏して答えた。

「御意にございまする」

「大奥年寄からの嘆願、上様は確かにお聞きになられた」

「ハハッ」

「……聞き届けた、とは申しておらぬぞ」

糠喜(ぬかよろこ)びしないように釘を刺す。

「上様は、そのほうの国許(くにもと)での行状(ぎょうじょう)が知りたい、との仰せじゃ」

「行状……にございまするか」

「あるいは評判じゃな。大名家の当主となるからには領地を治める能力がなければならぬ。有体(ありてい)に申せば、そのほうの国許がよろしく治まっているかどうか、それこそが肝要だと上様は仰せなのだ」

「国許が、よろしく治まっているかどうか……」

「そのほうは民を慈(いつく)しんでおるか。民の難儀を救うべく手を差し伸べておるのか。ただ今の日本国はいずこも長雨と冷夏に祟られておる。こういう時にこそ大名家の力量が露わになる。大名家の手腕と慈愛のあるなしが露骨にわかる」

「い、いかにも仰せの通りにございまする……」

「上様は、そのほうの国許に人を送って調べさせよ、と、お命じになられた。婚儀の御沙汰はその後じゃ。しばし待たれよ」

反論は許されない。平太郎は平伏した。


「国許か……」

江戸城御殿の畳廊下を歩きながら、平太郎は茫然と呟いた。

国許は上手く治まっていない。不平不満が渦巻いている。

一時だけでも、領民の不満を鎮めなければならない。だが、どうすれば良いのか。平太郎は思案した。

「……国許の農民たちに金を与えるしかあるまい。金を握らせさえすれば、不平不満を黙らせることができよう」

問題は、その金をどこから調達するかであった。

＊

明石平太郎は深川の料理茶屋（料亭）に座敷を用意させた。深川でも有数の高級店である。当然に料金がかさむが、この際は致し方がない。乏しい藩庫から毟り取ってきた。なにかのために必要な予算だったのに違いないが、たとえ行政が滞ってでも、やらねばならないことが平太郎にはあった。

そうまでして呼んだ客、三国屋の後見人がやってきた。

「三国屋の後見人、カネと申します」

座敷に入ってきて平伏する。

「おお、良く来てくれた。まずは一献」

顔を上げたおカネは鋭い目を平太郎に向けてきた。

「手前をお呼びくだされたご用向きは、なんでございましょう」

「まずは飲め」

おカネは態度を崩さない。平太郎は根負けした。

「用件は、申すまでもない。借財じゃ」

「手前どもの商いは金貸し。貸せと仰せならば、貸さぬこともございませぬ」

「ですが、金貸しであるからには、貸したお金に利息をつけてお返しいただかねばなりませぬ。貸したお金をなににお使いになるのか、そしていかにして返済なさるのか、そこをお聞かせいただきとうございまする」

「ムッ、まぁ、飲んだらどうだ。そう堅苦しくては話もできぬ」

気持ちよく酔わせて有利に話を進めようという魂胆だ。そのために高級料亭の座敷を借りて美酒と料理を用意した。

しかし、おカネはそんな見え透いた手には乗らない。やはり平太郎が根負けした。

「借りた金は国許の民を救うために使う。言うまでもないことだが、我が国許もおおいに窮しておる」

「いかにしてお救いなさいまするか」

「国の礎(いしずえ)は農じゃ。農民を救う。水路を切り拓き、長雨で水没した田畑より水を抜く。必要とあれば開拓をして、あらたな田畑を作る」

「して、いかにしてお貸ししたお金をお返しくださいますのか」

「わしの試算では、この水抜きと干拓で米の収穫が二千石増える。二千石の米を売り払えば千五百両にはなろう。借りた金は楽々と返済できる」

「お貸しできませんね」

「なんじゃと！」

「他の高利貸しにご用命なさいますよう。それではご無礼つかまつりまする」

　おカネは早くも立ち去ろうとしている。

「ま、待て！　せっかくの座敷と膳じゃ。そなたを喜ばせたいと思うて用意したのじゃ。せめて一献なりとも傾けてゆけ」

「手前ども金貸しをいちばん喜ばせるのは、お貸ししたお金を期日までに利息を添えてお返しくださること。美酒も料理も無用のことにございます」

　座り直して折り目正しく低頭した。

「差し出がましいことを申しまする。この座敷と膳にかかった費用を、どうぞ、国許の領民を救うためにお使いくださいませ」

　平太郎は茫然として言葉もない。

「それでは御免被りまする」

　おカネはにべもなく、立ち去った。平太郎は一人、座敷に取り残された。

「おのれッ、三国屋め！　小癪な！」

おカネは料理茶屋を出た。表道で手代の喜七が待っていた。

おカネは喜七に言いつける。

「明石様に金子は御用立てできないね。お使いが来ても通してはならないよ。体よく追い返しておしまい」

「かしこまりました」

おカネと喜七は通りを歩く。ここは深川の中心。不景気といえども賑わっている。そんな中でひときわ賑やかな喧騒が聞こえてきた。

おカネは足を止めた。

「なんだい。素っ頓狂な遊び人がいたもんだね」

「あれは卯之吉旦那にございま……あっ」

喜七は慌てて自分の口を押さえたが遅かった。

「誰だって？」

卯之吉は今日も宴会を開いている。芸者衆の三味線や唄に合わせて金屏風の前で舞い踊っていた。

そこへおカネが乗り込んできた。

「これはまた、ずいぶんと派手に遊んでいるようだね！」

卯之吉は「おや？」と顔つきを変えた。

「これは叔母上様。ようこそお渡りを。さぁどうぞ一杯やってください。ご遠慮なさらずに」

おカネはドッカと座る。

「お前が遊びに使っている金は三国屋から出たものじゃないか。どうして遠慮などするものか」

銀八が青い顔をしてお酌する。銚釐（ちろり）を持つ手がガタガタと震えている。どんなお説教を食らうかわからない。

ところが。おカネは案に相違して〝いける口〟で、酒を一息で飲み干すと、まんざらでもなさそうな顔となった。

座敷の隅の方で一人の大男が黙然（もくねん）と座っている。賑やかな宴席なのに一人だけ物静かだ。おカネは声をかけた。

「おや、あんたもいたのかい」

その男、源之丞はますます憂鬱（ゆううつ）そうな顔つきとなった。

「ずいぶんなご挨拶だな」

「いつもは人一倍目立つのに、今夜に限っては影が薄いね。なにか気に病むことでもあるのかい」

「人がひとり、生きているんだ。気に病むことだってあるさ」

「卯之吉を相手に陰気な顔つきで酒を飲むとはねぇ。ははぁん、あんたも借金の相談かい」

「よせよ。卯之さんから金を借りたら、愉快な酒が二度と飲めなくなる」

源之丞は酒杯(しゆはい)を呷って、酒臭い息をフーッと吐いた。

「金を借りたって、返すあてなんか、どこにもねぇのさ。せいぜい国許の領民に重い年貢を課すことぐらいだ」

「あんたになら貸してやってもいい、と思ったんだけどねぇ。本多治部様のお取り潰しで三国屋も貸した金を踏み倒された。別口の大名家に銭を貸して、損した分を取り戻さなくちゃいけないからね」

「三国屋の取り立ては厳しいってぇ評判だ。こっちから頭を下げて『どうか金だけは貸さないでくれ』と頼まなくちゃいけねぇや」

「そっちもずいぶんなご挨拶だよ」

卯之吉の楽しい踊りは続く。ありあまる金に飽かせての椀飯振舞だ。

源之丞は首をわずかに横に振った。

「俺たち武士は、どうしてこんなに貧しくなっちまったのかね。戦国時代から江戸時代の初めにかけては、武士がいちばん金を持っていたはずだぜ」

するとおカネが即答した。

「田圃で米を穫ろうとするからに決まってるよ」

「なにを言ってる。農は国の根本だぞ。農なくして国は成り立たぬ」

「お取り潰しになった本多治部様は、高利貸しから大金を借りて、その金で田を増やそうとしていたのさ。ところが上手くゆかずに借金だけがかさんでいって、借金を返すために重い年貢を課した。領民はいい迷惑だよ」

「領民を豊かにしようと思って、やったことだろ」

「気持ちは善意かも知れないけどね、やり方が間違ってるのさ。本多治部様の御料地は山深い田舎の小盆地。そんな土地柄なのに田を増やそうってのが間違ってる。最初から田圃に向かない土地なんだ。芋でも作ってりゃいいのさ」

「貧乏藩は芋を食え、と言うのか。領民に白い米をたらふく食べさせたい、という大名家の願いがわからぬのか」

「芋を醸して芋焼酎を作り、江戸で売って、その金で米を買って領民に食べさせたらいいだろう。どうして最初から米を作ろうとするかね」

源之丞は「むむっ」と唸る。おカネは講釈を続ける。

「農地は狭くても山を抱えているのだから、木を伐り出して材木にして売ったってよかったのさ」

もちろん武士たちも商工業が金になることは知っている。しかし武士たちが奉じる儒教の世界では、商工業は卑しい仕事だと差別されている。大名家が金儲けに精を出していることが、批判の対象となってしまうのだ。

「領民たちは賢いんだ。自分たちの土地で何が採れて、何が売り物になるのか、わかってるよ。武士だけが田圃を作らせたがるんだ」

「大名の席次（序列）は石高で決められるからな」

江戸城で将軍に拝謁する際、石高の大きい大名は将軍の近くに座る。石高の少ない大名は遠くの末席に座らされる。

朝廷から下賜される官位も同様だ。石高の大きい大名は高い身分となり、少ない大名は低い官位に抑えられる。だから大名家は、無理をしても石高（田圃の面積）を増やそうとする。

そして破綻してしまうのだ。

「おや。雨だね。毎日毎日よく降る雨だよ」

おカネは窓に目を向ける。

「借金して田圃を増やしても、この大雨で田圃は土砂に埋まっただろう。領民の開墾は草臥儲けだ。難儀なことさ」

「まるでこの世に武士がいないほうが良い、って言ってるように聞こえるぜ」

源之丞は杯を傾ける。今夜はひどく悪酔いしそうだ。

＊

世直し衆の隠れ家に濱島与右衛門と明石平太郎がいた。今宵は月明かりもなく障子は暗い。行灯の火が揺れていた。

「三国屋を襲う？」

濱島は平太郎に向かって聞き直した。

平太郎はひきつった悪相になって答える。

「そうだ。三国屋は江戸一番の豪商。すなわち諸悪の根源。懲らしめねばならぬ者だ」

濱島は同意をせずに黙り込んだ。平太郎は焦れて迫る。

「どうした。三国屋の金蔵には大金がしまわれてある。その金を奪えば、お主の宿願も成就するのだぞ！」

「三国屋は、悪とは思えぬ。跡取りの卯之吉なる者は、なかなかの好人物だ」

「何を言うか」

平太郎は憤然として立ち上がった。

「三国屋の放蕩息子が好人物だと？　ならばお主に見せたいものがある。ついて参れ！」


深川の通りで卯之吉が金を撒いている。

「見よ、あの自堕落、不道徳を。あのような者を許しておいて良いはずがない」

大勢の者たちが卯之吉に群がっていく。平太郎の足元にも一分金が落ちてきた。一人の男が横から手を伸ばす。

「拾うなッ。人としての誇りはないのかッ」

平太郎が叱りつけると、男は唇を尖らせた。

「何を言っていなさるんですかい。三国屋の若旦那は遊里の守り神だ。あの御方が金を使ってくれるお陰で、こんな不景気でも、あっしら芸人は生きてゆけるんですぜ。金主(きんしゅ)の大旦那だ！」

「恥知らずなッ」

「よせ。三国屋の振る舞いにも道理はある」

「あの金は、我らが世直しのために使うべきだ。道に撒くなどもってのほか！」

「これがあの男なりの施餓鬼(せがき)なのだ」

「何を考えておる」

「負けられぬ、と、そう思ったのだ」

濱島という男は学者だ。どこかしら浮世離れしている。

平太郎は焦れた。

「俺は三国屋を懲らしめるぞ」

「やめておけ。坂井様からの指示もなく動くことはならぬ」

「やるといったらやる。邪魔だてするな。お前の力など借りずとも、江戸に盗っ人はいくらでもおるわ」

＊

昼日中の裏路地にヤクザ者たちが五人ばかり集まった。平太郎が集めた者どもだ。

世直し衆の一人、〝軽業師くずれの燕二郎〟もいる。世直し衆、などと気取ってはいるが、この軽業師くずれは生粋の盗っ人だった。盗っ人仲間に声をかけて人数を集めたのも燕二郎の働きだった。

平太郎も含めて総勢で七名の盗賊団が結成された。悪党たちに向かって平太郎は言いつけた。

「よいか、三国屋の様子を探るのだ。隙を見せたならば一気に襲うぞ」

「押し込みですかい。面白ぇや」

悪党の一人が醜い面相を歪めて笑う。

「天下一の大店に押し込んだとなりゃあ、俺たちの悪名も上るってもんだ」

悪党たちは、声をひそめてせせら笑った。

悪党たちはさっそく三国屋に張りつきだした。物陰から三国屋の様子を窺う。

手代の喜七がお使いから戻ってきた。悪党の一人に気づいて足を止めかけたが、思いなおすと素知らぬ顔で店に入った。

その足でおカネの部屋に向かう。縁側に膝を揃えて正座した。

「なにやら怪しい者が店の様子を窺っておりました」

「おや、そうかい」

おカネは算盤を弾きながら大福帳を捲っている。まったく動じていない。顔を上げすらしなかった。

「もしかすると、世間を騒がす世直し衆では……」

「やれやれだね。金儲けをしただけで目をつけられるなんて」

大福帳を閉じると立ち上がった。

衣紋掛けから余所行きの被布(埃除けの外套)を取って着た。

「どちらへお出かけですか」

「南町奉行所へ行くよ。悪党に押し込まれたのではたまらないからね」

南町奉行所に到着したおカネは、内与力の御用部屋へと通された。

普通、商人が陳情に来たときには、台所脇の小部屋が使われるのだが、そこは天下一の札差で両替商である。江戸の金融を担当する〝見做し役人〟だ。

内与力、沢田彦太郎の前に小判を積んだ三方が置かれている。

「これはなんだ？」

沢田がおカネに問うと、おカネは答えた。

「三国屋の周りで、怪しい風体の者たちがチラチラと見え隠れしているのさ」

沢田はおカネの意図を察して渋い顔つきとなる。

「南町奉行所を用心棒代わりに使おうという魂胆か。不遜であるぞ。町奉行所は江戸の万民の為にある。特定の商家の便宜を図るなど以ての外！」

するとおカネは唇を尖らせた。

「そうかい。嫌ならいいよ。北町に頼むさ」

差し出した三方を引っ込めようとする。

すると途端に沢田の顔つきが変わった。内与力らしく取り繕っている場合ではない。

「あ、いや、他ならぬおカネねえちゃんの頼みであれば、あえて道理を曲げぬでもないぞ」

「それじゃあ頼んだよ。世直し衆を首尾よく捕まえれば大手柄だ。彦坊の株も上がるってもんさ。こっちはわざと隙を見せるからね」

「悪党を食いつかせるための餌になるってことかい？」

おカネはニターッと笑った。

「悪党どもがパクッと食いついてきたところをね、一網打尽にしてやればいいだろう」

沢田の顔にも笑みが浮かぶ。

「なるほど、そういう策か。……やっぱりおカネねえちゃんは頼りになるな」

「そうだろう？　あたしと彦坊で、悪党たちに吠え面かかせてやるのさ。昔も二人で手を組んで、近所の悪ガキどもを痛めつけてやったじゃないか」

おカネと沢田彦太郎は顔を見合わせてほくそ笑んだ。

その様子を喜七が見ている。

この二人のほうがよっぽど悪党に見える顔つきだ。などと思ったけれども、もちろん口には出さなかった。

＊

同じ頃、源之丞は仁木家の江戸屋敷を訪れていた。仁木家の当主、仁木若狭守（わかさのかみ）

に呼び出されたのだ。

　仁木家の当主とはつまり、結姫と、死んだ栄悟郎の父親である。

　若狭守も源之丞のことを〝息子の友達〟という気持ちでいるようだ。親しみを籠めた笑顔を向けてきた。

「ご一別以来でござるな。本日は気晴らしの遊園。堅苦しい挨拶はご無用に願いたい」

　明るい庭に二人は立っている。散策している、という風情だ。屋敷に入ると煩雑な行儀作法に縛られてしまい、まともに会話もできなくなる。だから若狭守は庭での対面を望んだのであろう。

「ご老体もご壮健にてなによりのことと存じまする」

　源之丞にとっても久しぶりの対面だ。若狭守はずいぶん老け込んだ、と感じられた。

　若狭守は寂しそうに微笑む。

「わしもな、跡継ぎに定めた栄悟郎に先立たれて気落ちした。めっきり老け込んでしもうてのぅ。政務を執るのも苦しくてならぬ」

　それから若狭守は気を取り直したように、笑顔を浮かべた。

「じゃが。娘の婿取りでようやく苦役から解き放たれることができそうじゃ。わしには新しい息子ができる」

若狭守は源之丞を東屋に誘って、向かい合って座った。

「結の婚礼話が進んでおるのは存じておろう」

「いかにも。まことに慶賀に堪えませぬ」

「しかし困ったこともある。大名の婚儀ともなれば、相応の格式で執り行わねばならぬ。じゃが、当家の財政は火の車じゃ」

借財を頼むために呼び出したのか、と、源之丞は察した。

できることならこの不幸な老人の願いを叶えてあげたい。しかし、できることとできないことがある。

「梅本家にも、お貸しできる金子はございませぬ」

「いずこの大名家も逼迫ぶりは変わらぬ。そんなことは重々承知じゃ。そこもとは三国屋の総領息子と仲が良いと聞いておる。どうじゃな、三国屋への口利きを頼めぬだろうか」

源之丞は露骨に顔をしかめた。無理な頼みを持ち込まれたからではない。三国屋の評判を思い出したからだ。

「三国屋の卯之吉は、気の好き男なれど、三国屋そのものは強欲無比な高利貸し。とてもお勧めできませぬ」

「そんなことは承知じゃ。藁をも摑む思いなのじゃ。婿殿……明石平太郎殿は、大奥に根回しをしておる。婚儀が成ったあかつきには、当家からも大奥へ礼物を贈らねばならぬ。大奥のお局様は強欲ゆえのう」

どちらを向いても強欲な者たちばかり。貧乏人は、大名といえども、苦しめられるばかりだ。

「頼むぞ、源之丞殿」

その時であった。栄悟郎の声が耳朶に蘇った。

──後生だ。妹を頼む、源之丞。

あの日、松の古木で聞いた声。もちろん幻聴だ。源之丞はきつく瞼を閉じた。

＊

源之丞は三国屋に向かった。向かったものの正直なところ気が進まない。源之丞らしくもなく悩んでしまい、蕎麦屋で昼酒など食らっているうちに、すっかり辺りは暗くなってしまった。

重い足どりで三国屋に向かっていると、暗い脇道から捕り方が出てきた。

「怪しい者！　止まれ！」

白木の棒を突きつけてくる。源之丞はむかっ腹が立ってきて、突きつけられた棒をムンズと摑んだ。捕り方が血相を変える。

「おのれ！　抗うかッ」

今にも乱闘が始まりそうになったところへ卯之吉が出てきた。今夜は同心の黒巻羽織で身を包んでいた。

「そのお人は、いいんですよ。身許はあたしが請け合います」

捕り方に引かせると、源之丞に向き直った。

「源さんじゃないですか。奇遇ですねぇ。こんな時刻にどちらへ？　もう夜ですよ。カブキ者のお姿で出歩いていたら怪しまれます」

「卯之さんにまで説教されるようじゃあ、俺もお終いだぜ」

源之丞は心底から情け無い顔つきとなって、それから答えた。

「三国屋に行こうと思っていたのさ」

「それはますますまずいですねぇ。三国屋に近づいてはいけませんよ」

「どうしてだよ」

「今、捕り物の最中なんですよ。三国屋が曲者に狙われてるんです」

卯之吉は三国屋のほうに顔を向けた。

「曲者の皆さんが三国屋に押し込み次第、喜七が合図の笛を吹く手筈となっているんです。すかさず南町奉行所の捕り方が飛び込んで、悪党どもを取り押さえるという寸法でしてねぇ」

「面白そうだな。よぅし、俺も手を貸すぞ」

「いいんですかね。三国屋の為に働いても、あたしの叔母は吝嗇ですから、お駄賃は期待できませんよ」

「銭の為に働くんじゃねぇや。気の滅入ることばかりあったんでな。ひと暴れしたいところだったのよ。良い気散じになるだろうぜ」

腰の刀に反りを打たせる。普段の刀は歩きやすいように、だらしなく差している。戦うときだけ抜きやすいように角度を直す。これを〝刀に反りを打たせる〟という。

源之丞は仁木家の当主に頼まれて、借金の相談をするべく三国屋まで来たのであるが、もはやそんなことはどうでも良くなっている。憂鬱な借財の話よりも、豪快に暴れるほうが性に合っていた。

「あっ、来たようですよ」

卯之吉が夜道に目を向けている。曲者たちが走ってきた。

卯之吉と源之丞と捕り方は物陰に身をひそめた。

曲者の人数は七人。一人が表戸に耳を当てた。

「物音がしやせん。寝静まってるようですぜ」

曲者たちが小声で相談している。

「やれっ」

と命じたのは平太郎だったのだが、覆面越しのくぐもった声音だったので、旧友の源之丞にも判別できなかった。

軽業師くずれの燕二郎が屋根に飛び乗った。台所の煙抜きの穴から店の中に入るのだ。

首尾よく潜入した燕二郎が内側から表戸を開ける。曲者たちは意気揚々と飛び込んでいった。

（おのれ三国屋め！　このわしを愚弄した罪は許さぬぞ）

平太郎は抜き身の刃をかざして店内を走った。

世直し衆は殺人を禁じられている。だが今は頭目の濱島もいない。

（おカネだけは必ず斬り殺してやる……！）

殺意に心を囚われながら平太郎は突き進んだ。

ところがである。店の中には誰もいなかった。そんな馬鹿な、と襖を開けて回ったが、奥座敷にも人の姿はない。

曲者の一人が暗い廊下に踏み出した。そしてウッと呻いた。廊下には鉄菱が撒かれてあったのだ。尖った棘を踏んでしまったのである。

「しまった、これは罠だ！」

平太郎が叫ぶ。曲者たちは慌てふためいた。

押し入れの中に潜んでいた喜七がわずかに襖の隙間を開ける。そして呼子笛を吹き鳴らした。


夜の江戸の目抜き通り。内与力の沢田彦太郎が陣笠と火事羽織をつけて現れた。捕り方たちを率いている。手にしているのは采配代わりの指揮十手だ。

沢田は指揮十手を振るって、三国屋の表戸を指し示した。

「かかれッ」

勇躍、捕り方たちが飛びだしていく。源之丞も勇んで続いた。もちろん卯之吉は手を振って見送るだけだ。銀八が（それでいいんですかね）という顔で見ている。

「御用だッ」

捕り方が白木の棒を構えた。悪党たちと乱闘となった。

源之丞は刀を抜くと峰打ちに構えた。日頃の鬱憤晴らしとばかりに暴れ回る。たちまちにして悪党二人を打ち倒した。

不意を突かれた悪党たちはすっかり動揺している。早くも逃げ腰だ。

「ひ、退けッ」

黒覆面の一人が叫んだ。源之丞が反応する。

「お前が頭かッ」

鬼の形相で迫る。平太郎は雨戸を蹴り破って庭に逃げた。

「逃がすかッ」

源之丞は追う。庭にも鉄菱が撒かれている。平太郎が踏んだ。悲鳴をあげて逃げ足も遅くなる。ここぞとばかりに源之丞は迫った。

平太郎は背後に迫る足音から（逃げきれない）と察したのだろう、踏み止（とど）まって身を翻した。源之丞はかまわず斬りつける。平太郎は刀で受けた。ギインッと凄まじい音がする。ガッチリと嚙み合った刀と刀で二人は激しく圧しあった。

そして源之丞はハッと気づいた。相手の剣術に覚えがあったのだ。

(まさか!)

相手の覆面を凝視する。目だけが見える。その目が、源之丞に気づいて激しく動揺した。

思わず源之丞の闘志が萎えた。その隙に平太郎は急いで逃れた。

軽業師くずれの燕二郎が塀の上に飛び乗っている。

「こっちだ、旦那!」

腕を伸ばした。平太郎は駆け寄ってその腕を摑む。軽業師の手を借りて塀を乗り越え、向こう側に姿を消した。

源之丞は、どうしても追うことができない。

残りの悪党たち五人は沢田たちの手で捕縛された。沢田は得意満面で鼻息も荒い。

「逃げた二人も追え!」

などと指図している。

縄をかけられた悪党たちは大番屋にしょっ引かれていく。捕り方たちも去った。源之丞は一人、夜の庭に取り残された。

「まさか、平太郎が……」

信じたくない。

源之丞はいつまでもそこに立ち尽くしていた。

＊

明石家の江戸屋敷。薄暗くて狭い部屋に平太郎がいる。部屋住の通例に違わず、物置と見紛うばかりの粗末な部屋だった。

平太郎は忸怩たる顔つきで自分の足に薬を塗っている。鉄菱を踏んで怪我したのだ。苦悶しながら晒を巻いた。

そこへ明石家の家来がやってきた。物置のような部屋であっても、大名家の若君の部屋である。外の縁側で正座して低頭した。

「一大事にございまする。国許より、村の名主たちの数名が、江戸に向かっておるとのこと、急使がございました！」

平太郎は驚いて目を見開いた。

「名主たちが？　なにゆえ江戸に来るのだッ」

「おそらくは直訴にございましょう。国許の窮状を上様に訴え出るものと思われまする」

「なんだと……、この大事な時に！」

「国許は長雨と出水（洪水）で苦しんでおりまする。今、この時に重税を課せば領民の暮らしは成り立ちませぬ」

「なにが言いたいッ」

「ご婚儀にかかる金子は税により徴収するしかございませぬ。領民が畏れているのはまさにその重税」

「いかにせよと申すか！」

「若君のご婚儀は撤回する、と、村々に報せを出すしかございませぬ！」

「結姫との婚儀をなかったことにしろ、だと？」

「公儀に直訴されたならば、御家のお取り潰しもありえまするッ。御家なくしてなんの婚儀にございましょう。なにとぞご再考を願い奉りまする！」

「お前はこの俺に、一生、部屋住で過ごせと言うのかッ」

「それがしの口より、名主たちに課税の撤回を伝えまする」

家来は平太郎の苦しみなど眼中にない。明石家を存続させることが第一なのだ。

家来は毅然として立ち去ろうとした。平太郎は慌てた。

「撤回はならぬッ！　他にも打つ手はある！」

「いかになさいまするか」

しかし平太郎は答えられない。盗みで金を手に入れるなどと、言えるはずもなかった。

*

屋敷を出た平太郎は、尾張家の附家老、坂井正重の屋敷に向かった。

出迎えた坂井は迷惑も極まった顔つきだ。

「世直し衆の隠れ家ならばともかく、ここに押しかけてきてもらっては困る」

冷ややかで高圧的な物言いだ。

平太郎は何重もの悔しさに歯噛みしながら答えた。

「火急の用件でござる。夜を待ってなどいられませぬ」

「何事が起こったのか」

「我が領内を、勝手に抜け出した者どもが江戸に入り申した。この者たちを見つけ出していただきたい！」

「なんと？」

「我が領内の道理を乱した悪人どもでござる。成敗せねばならぬ！」

坂井はちょっと首を傾げて考えてから言った。

「其処許、国許では重税を課しておるそうだな。そのせいで領民が直訴に出て来たのか」

違うとは言えない。平太郎は渋面となった。握り締めた拳が怒りと屈辱で震えている。

坂井はますます冷ややかな目つきとなった。

「今、江戸の市中で騒ぎを起こされるのは、こちらとて望むところではない」

「あ、ありがたいッ。手を貸してくださるのか。しかし、どうやって見つけ出すおつもりか」

「策はある」

坂井は憂鬱そうに答えた。

＊

南町奉行所の同心詰所に、北町奉行所の笹月文吾がやってきた。村田鉄三郎と膝詰めでの談判を始める。

「ある大名家の国許より名主が出奔した。名主たちは江戸に入り込んでおる。直訴を目論んでいるとの報せがあった」

「直訴だと」

「そうだ。つい先日も直訴があったばかり。何度も直訴が相次いだのでは困る。江戸は上様のお膝元。上様のお心を悩ましちゃあならねぇ」

村田も、そこは同意せざるを得ない。

町奉行所の仕事は世間の静謐を保つことだ。その直訴が妥当な行為であるのかどうか、などは、将軍や老中が判断すべきであって、町方同心があれこれ考えることではない。

笹月は熱弁を続ける。

「直訴する側の窮状は哀れだが、訴え出るなら上様にではない。領主の大名に訴えるのが道理だぜ。直訴は御定法破りだ。死罪にされちまう。名主たちを見つけ出して、道理を諭してやるのも、俺たち役人の務めじゃねぇのかい」

「そうだな。それで、俺にどうしろっていうんだい」

「北町は八方手を尽くして名主たちを探してる。南も手を貸してくれ」

「いいだろう。おい尾上、ハチマキ、聞いての通りだ。隠れ潜んだ名主を見つけてこい」

尾上は「ハッ」と答えて立ち上がった。しかし卯之吉はずっと居眠りをしたままだ。

＊

明石家の江戸屋敷の門前に張り込む源之丞の姿があった。

その表情は冴えない。目の下には隈ができ、頬も落ちくぼんで見える。

（あれは本当に平太郎だったのか……）

竹馬の友が世間を騒がす怪盗〝世直し衆〟の一味なのか。そんなはずはない、と自分に言いきかせるが、しかし、平太郎と別人とを見間違えるはずもないのだ。

源之丞の悩みは深い。幼い日の記憶が何度も蘇る。

——源之丞、頼む。妹を助けてくれ。

あの世から栄悟郎の魂が訴えかけている。そう思えてならなかった。

そこへ、ひょこひょこと呑気な足どりで一人の同心がやってきた。卯之吉だ。後ろには荒海ノ三右衛門を従えていた。

「おや、源さん。こんな所でなにをしておいでだね」

いつものように気合の抜けきった笑みを向けてくる。

「卯之さんのほうこそ、大名屋敷が建ち並んでる所へなんの用だい。町方の役目は町人地の見回りだろう。それに、ここらにゃあ遊里も甘味処もねぇよ」

「明石様っていうお大名家の名主さんたちが直訴に出て来たって聞いたのでねぇ。明石様のお屋敷がある場所だけでも、確かめておこうかと思ったのさ」

「明石の領内の名主たちが？　直訴を企んでるだと？」

「おやおや。恐いお顔をなさいますねぇ」

三右衛門は不敵に微笑んでいる。

「直訴に出て来たってぇのなら、通行手形は持っていねぇはずだ。まともな旅籠にゃあ、泊めちゃもらえねぇ」

徳川幕府は厳しい法度で旅行者の身許を検めている。通行手形（旅行許可証）

を所持せぬ者は旅籠に宿泊できないのだ。

「となりゃあ、泊まるところは流れ宿だ」

正規の通行手形を持たない無宿人や旅芸人などを泊める施設が〝流れ宿〟と呼ばれた。宿屋の違法営業である。

表社会の人間は、どこに流れ宿があるのかがわからない。しかし裏社会に足を突っ込んだ人間ならば知っている。

「今、あっしの子分たちを江戸中の流れ宿に走らせておりまさぁ。なぁに、すぐに見つけ出すことができやすぜ」

源之丞は三右衛門の両腕を摑んだ。

「そうだ、見つけ出すんだ！　平太郎が見つけるより早く！」

「痛ぇじゃねぇか。馬鹿力で摑むんじゃねぇよ」

卯之吉も不思議そうな顔だ。

「どうしたんだい源さん。なんぞお困りですかね」

＊

明石領の名主たちは、三右衛門が予想した通りに、流れ宿に隠れ潜んでいた。

夜の闇の中、小さな蠟燭を一本だけ灯して、名主たち三人が顔を寄せあっている。

六十過ぎの老人と、五十ばかりの四角い顔の男と、まだ三十ほどの若い名主だ。名主は世襲であるので、年齢と身分は関わりがない。

いちばん年嵩の名主が仲間の二人を交互に見た。

「いよいよ明朝、ご老中様のお乗物に直訴する。直訴は大逆。こちらに道理があったとしても打ち首は免れない」

若い名主が身震いし、声を震わせながら頷いた。

「も、もとより、覚悟の上です……」

四角い顔の名主も、観念したような顔つきで同意した。

「村の暮らしを守るのが我ら名主の務め。村人を飢え死にさせるようではご先祖様にも申し訳がない。ここが死に時だろう」

老名主も目をしょぼしょぼさせて頷いた。

「そうだな。我らの不甲斐なさを死んで詫びねばなるまい……」

「よぅし！」と四角い顔の名主が背筋を伸ばして無理な笑顔を浮かべた。

「最後の酒盛りだ！　今宵は飲もう」

皆で頷きあって、湯呑茶碗に酒を注ぎあった。流れ宿にはろくな調理場もない。貧乏徳利の酒は冷やのままだ。

皆で杯を挙げる。酒をグイッと飲んだ。

その時であった。流れ宿の粗末な戸が外側から勢い良く開けられた。

平太郎が無言で押し込んでくる。名主の三人はびっくりして顔を向けた。

平太郎は勢い良く走り出ると腰の刀を抜き、名主の一人に斬りつけた。

「ぎゃあ――ッ！」

斬られた若い名主が血を噴いて倒れる。

年嵩の名主が曲者の正体に気づいた。

「あ、あなた様は……平太郎様！」

平太郎は顔にかかった血飛沫（ちしぶき）を拳で拭う。もはや人の心を失った形相だ。飢えた虎狼（ころう）のようであった。

平太郎は刀を構え直して、残った二人の名主に詰め寄る。

「直訴状を奪い取るだけに留（とど）めようかと思ったのだが、わしの顔を知っておるのでは仕方がない。生かして帰すことはできなくなった」

「ご無体な！」

「直訴をたくらむお前たちのほうが無体であろうが！」

老人を斬りつけようとしたその瞬間であった。源之丞が飛び込んできた。

「やめろ平太郎ッ」

大喝(だいかつ)する。平太郎はギョッとして振り返った。

「源之丞ッ、どうしてここに……？」

源之丞が刀を抜く。平太郎は流れ宿の庭に飛び下りた。

源之丞も庭に出る。剣を抜いたまま睨み合った。

「平太郎。何も言わぬ。ここで腹を切れ。お前の生まれた明石家と、仁木家のお結殿を救うためだ」

　平太郎は怒りで顔を真っ赤にさせた。

「黙れッ。俺はあと少しで大名の跡継ぎになれるのだッ。ここで死ぬなど、もってのほかだ！」

「三国屋に押し込んだのはお前だなっ」

源之丞は大声で決めつける。平太郎は開き直っている。

「だから、どうしたッ」

「大奥への賂(まいない)や、婚礼の支度金を用意するため、領民に重税をかけるのみならず、押し込み強盗まで働いておったのだな。武士の矜持はどこへやったッ」

「貴様とて、部屋住の忍従は承知のはず！　俺はもう、辛抱するつもりはないのだッ」

「人の金を盗み、人を殺してまで、結殿と結ばれたいかッ」

「黙れッ。おのれの人生を切り拓こうともせず、遊興に逃避しておるお前から説教される覚えはないッ。俺は、俺の手で、幸せを摑み取るのだッ」

「もはや問答は無用か」

「……ククク！」

平太郎は歯を剝き出しにして笑った。

「剣術の腕では俺がお前に勝る。俺は、日々鍛練を積んできたのだ！」

得意の青眼に構える。

「一方のお前は毎日酒ばかり飲んでおった！　勝負にならんぞ！」

源之丞は挑発を無視して無言で構えた。

もう、平太郎と馴れ合うつもりはない。必ず斬る。必殺の剣だ。源之丞の目に殺気が宿った。

「キエェイ！」

気合とともに平太郎が踏み込んでくる。人の理性を失った獣の剣。凄まじい踏み込みで身を寄せてきて、体重を乗せた斬撃を、次から次へと繰り出してきた。

源之丞は防戦一方だ。相手の攻撃を打ち払うだけで精一杯であった。

「無様だな源之丞！　お結殿は俺のものだッ」

突き出された刀を、源之丞は鍔元で受けた。二人の身体が密着する。

その瞬間だった。源之丞は平太郎の片足を踏みつけた。

平太郎が悲鳴をあげる。

鉄菱を踏んで怪我をしていた足を痛めつけたのだ。平太郎は顔を歪めて後退る。

「ひ、卑怯だぞ！……武士なら武士らしく、尋常に立ち合えッ」

「お前にはもう、武士の誉はない」

源之丞は凄まじい斬撃を繰り出した。足の痛む平太郎では受けきれない。平太郎の顔が恐怖で歪んだ。

「お結殿を幸せにできるのは俺だけだッ。俺は、栄悟郎に誓ったのだ！」

源之丞は無言で刀を振った。平太郎を深々と斬りつけた。

平太郎は倒れた。

平太郎の血が地べたに広がる。血を吸った泥の上で平太郎は、もがいている。

「……栄悟郎と約束したのだ……必ずお結殿を……幸せにすると……」

平太郎は息絶えた。

卯之吉がやってきた。卯之吉は斬られた名主を見つけて介抱する。

「良かった。助かりそうですよ。急所を外れている」

源之丞は、庭に倒れた平太郎の死体には目もくれなかった。流れ宿の中に戻ってくる。

そこに落ちていた直訴状を拾い上げると名主の老人に向かって言った。

「平太郎は死んだ。これで重税を課されることはなくなった。直訴せずとも良いのだ。この怪我人は預かる。お前たちは大人しく国許に帰れ」

「あ、あなた様方は」

「俺は梅本家の部屋住の源之丞。こっちは南町奉行所の八巻って同心だ」

「そちら様が、噂に名高い八巻様!」

「どんな噂ですかねぇ」

源之丞は直訴状を指で細かく切り裂いている。その様子を見ながら卯之吉は言った。

「皆さんは江戸見物に来ただけでした――というふうに、ご老中の甘利様にお伝えしておきます。お咎めはないですから安心してお帰りください。こちらの怪我人も養生所で預かりますよ。お元気になり次第、ご帰国のお手続きをいたしましょう」

名主の二人はその場で平伏した。

「何から何までのご配慮……ありがとうございます」

涙を流しながら感謝した。

＊

仁木家江戸屋敷の書院に当主の若狭守が座っている。何を思うのか、一人静かに目を閉じていた。

娘の結姫が渡り廊下を歩んできた。

「父上。源之丞様がお越しにございます。書院の外で正座する。南町奉行所の同心、八巻なる者を連れて参りました」

「来たか。通しなさい。お前は下がっておるように」

源之丞と卯之吉がやってくる。すれ違うときに結殿は「おや？」という顔をした。

遊蕩児の卯之吉に似ている。だが、大店の放蕩息子が同心であるはずがない。他人の空似であろうと思いなおした。

源之丞と卯之吉は仁木若狭守の御前に座った。

不祥事の後始末のための面談だ。長い挨拶などは交わさない。若狭守は単刀直入に訊いた。

「明石平太郎は、いかがあいなった」

源之丞が答える。

「南町奉行所より甘利様に話が伝わり、甘利様はすべてを隠し通すように、と、お命じになられました。平太郎は病にて急死ということになりました」

「甘利様のご配慮で、仁木家も、明石家も、世間に恥をさらさずにすんだ。ありがたいことだ」

若狭守は卯之吉に目を向けた。

「其処許が八巻殿か。ご老中とも、ご昵懇だそうだな」

卯之吉に向かって畳に片手をついた。大名としては最大限の謝意である。

「世話になった。お陰で我らは面目を失わずにすんだ」

源之丞にも顔を向ける。

「其処許らのお陰で救われた。家中一同を代表して礼を言わせてもらうぞ」

源之丞は静かに答える。

「約束を果たしただけでござる」

「なんの約束じゃな」

「遠い日に、栄悟郎と交わした約束」

疲れているのだろうか、源之丞は、あの日に交わした約束を思い出すことができない。

――本当に俺は栄悟郎に頼まれたのか。頼まれたのは平太郎ではなかったのか。

「平太郎、後生だ。結を救ってくれ」

栄悟郎は平太郎に向かってそう言ったのではなかったか。源之丞は横から見ていたのではないか。栄悟郎と平太郎の友情にむかっ腹を立てて、ムキになって結姫を救いに行ったのではなかったか。

少年時代の美しい記憶はすべて自分に都合の良いように塗り変えられていたの

ではないか。

もはや確かめるすべもない。

結姫が庭にいる。あの日の古木を見上げていた。

「昔、ここで、よく遊びましたね」

誰に向かって語りかけているのであろう。この庭には源之丞しかいない。だが、源之丞に向かって喋っているようにも思えなかった。

「あの頃は兄上もお元気で……楽しかった」

思い出に浸っている。ふと目を向けて源之丞を見た。

「妾(わらわ)は、平太郎様と結ばれとうございました」

源之丞は胸を突かれた。しばし無言でいた後に、言葉を探して口にした。

「平太郎は悪人です。あなたを不幸にしたに違いない」

「父から言いつけられました。御家を救ってくださったことを源之丞様に、よく礼を申すようにと。……礼を言うべきなのでしょう。それはわかっています。なれど妾は、恨み言を言わずにはいられないのです。平太郎様を見逃してほしかった。平太郎様を殺したのが、よりにもよって、源之丞様だったなんて……！」

結姫は泣き崩れた。もはや源之丞にはかける言葉もない。

「婚儀の話はいくつも舞い込んでくることでしょう。どうかお幸せに」

源之丞はその場を離れた。

＊

世直し衆の隠れ家に黒装束の者たちが集まっている。暗い座敷の障子に月明かりが差していた。

「明石平太郎が死んだか……」

濱島がぽつりと呟く。

軽業師くずれの燕二郎は、いたって冷淡だ。皮肉そうな笑みまで浮かべていた。

「剣の腕前だけは、頼もしかったけどな」

「落胆することはないのだ」

濱島は自分に言いきかせるように言った。

「悪党には当然の報いだ」

「冷たいよねぇ、濱島先生は」

「あの者には、世のため人のために尽力する、という志が足りなかった。最初から、かような悪党だと知っていたならば、仲間にすることもなかったであろう。わたしの不徳だ。忸怩たる思いだ」

燕二郎はますます皮肉な笑みを浮かべる。この先生は、まだ理想を高く掲げているのか。

「あの者の落命を惜しむものではない。我らの志がより純粋になったことを喜ぶべきだ」

そう言うと、濱島与右衛門は隠れ家の障子を開けて出ていった。

この作品は双葉文庫のために書き下ろされました。

双葉文庫

は-20-27

大富豪同心(だいふごうどうしん)
高名の坂(こうめいのさか)

2023年5月13日　第1刷発行

【著者】
幡大介(ばんだいすけ)

【発行者】
箕浦克史
【発行所】
株式会社双葉社
〒162-8540 東京都新宿区東五軒町3番28号
［電話］03-5261-4818(営業部)　03-5261-4833(編集部)
www.futabasha.co.jp(双葉社の書籍・コミックが買えます)
【印刷所】
中央精版印刷株式会社
【製本所】
中央精版印刷株式会社
【フォーマット・デザイン】
日下潤一

ISBN978-4-575-67159-9 C0193
Printed in Japan

双葉文庫